사도

사도

아버지와 아들의 기억

×

조은호 역사소설

차례

경화문_007

진동_019

둘째_029

내음_041

공부_051

시험_059

혼례_069

대리청정_077

어미_091

선위_101

누에_115

광증_123

여행_131

무덤_145

찰_159

왕가_167

새 나라_175

추승_187

영화 〈사도〉 기획 노트 _영화 〈사도〉 시나리오 집필진_199
아버지와 아들 _곽금주(서울대 심리학과 교수)_211
아버지, 진정한 권위의 이름 _김현철(정신과 전문의)_227

경화문

景華門

임오년의 여름은 길었다. 궁중의 예법은 계절을 가리지 않았다. 임금과 대비의 평상복에는 한 치의 빈틈도 없어 더위에도 살갗이라곤 내보이지 않았다. 임금은 냉수에 발을 담가 더위를 식히는 탁족濯足도 즐기지 않았다. 그저 견디고 자르고 줄이며 다가오는 것들을 맞을 뿐이었다. 임금의 뜻은 궁궐의 뜻이었다. 궁궐을 드나들고 지키며 침전을 챙기거나 밥을 짓고 뒷간을 치우는 이들의 옷자락에는 땀이 흠뻑 배었다. 민촌民村에서는 가을맞이로 텃밭을 일구려던 농부들이 파종 시기를 잡지 못해 갈팡질팡했다. 파종을 하려면 잡초를 걷어내고 씨앗을 뿌려야 하는데, 날씨가 더우면 풀이 사납게 자라 밭을 고르기 힘들었고 벌레가 들끓어 작물을 버리기 일쑤였다. 그렇다고 파종을 늦추다가 갑자기 날이 추워지면 작물이 크게 자라지 못해 소출이 형편없었다. 여름과 가을에 걸쳐 짓는 가을농사는 볕의 길이와 세기를 읽는 일로부터 시작되었다. 글줄깨나 읽으면서 시세에도 밝은 이들 몇몇은 기후의 변화와 흐름을 왕가王家에 맞춰 풀이하기도 했는데, 이들의 말에 따르면 더위는 곧 끝날 요량이었다. 왕가에 풀어야 하나 풀지 못한 일이 무르익을 대로 무르익어 찌는 듯한 더위로 이어졌지만, 이제 곧 터지고 무너져 찬바람이 몰아닥칠 것이라는 이야기였다. 사람들은 그 말을 믿지 않으면서도 파종을 미뤘다. 왕과 세자의 이야기는 공공연하나 비밀스럽게 퍼져, 그것을 감당하지 못하는 무지렁이들은 입을 다물었고 말하고 드러낼 줄 아는 자들은 모호하게 말했다. 모호함은 말이 처음 나온 곳과 닿는 곳을 가려 사람들은 왕가에 관한 불길한 이야기가 어디로 어떻게 번질지 짐작하지 못했다. 출세가 다급한 수령들은 입이 가벼운 자 몇몇을 잡아들여 경을 쳤다.

"경화문을 지나시면……"

혜경궁이 먹먹한 소리로 내관의 말을 받을 때, 임금의 어가는 휘령전으로 향하고 있었다. 더위가 잠잠해지지 않은 날이었다. 이금은 다른 날과 달라 보이지 않았다. 잡곡밥으로 나온 수라도 잘 비웠다. 다만 말이 없었다. 간밤에 꿈이 좋았다, 날씨가 맑구나, 어전이 뜨뜻하다, 바람이 차다…… 살아감이 허무하고 싱거워 내뱉던 한두 마디가 사라졌을 뿐인데도 편전은 무거워졌다. 임금을 오래 모신 내관들은 임금의 콧소리만으로도 기분을 알아챘는데, 어전에서 물러나오자 주변에 바늘구멍 하나 벌어질세라 단단히 준비하라는 당부를 했다. 내명부가 술렁이자 궐 생활이 지루한 어린 궁인들은 무슨 일이 벌어지나 싶어 괜히 수라간을 드나들다 차지 상궁에게 한 소리를 듣기도 했다. 궁궐 밥깨나 먹은 나인들은 협련군훈련도감 소속으로 임금이 탄 가마의 호위를 맡던 군사이 인정전을 삼엄하게 둘러싸는 걸 보고 따로 묻지 않아도 입과 귀를 닫은 채 눈을 내리깔았다. 그들은 제 할 일을 일찍 마치고 처소로 들어가 문을 단단히 닫았다.

휘령전은 죽은 중전의 신주를 모신 곳이었다. 이금이 휘령전으로 세자를 불러내는 것부터 심상한 일은 아니었다. 따지자면 가족

이 다 모이는 자리였으나, 휘령전 안에는 군병들이 치켜든 창검이
내뿜는 살기가 도사리고 있었다.

이금은 경화문을 넘어 선왕의 영전을 모신 선원전에 잠시 들렀
다. 어진 앞에서 웅얼거리는 말을 알아들 수는 없었으나, 내관은
이금이 선왕에게 용서를 구하는 것으로 짐작했다.

임금의 명이 창경궁에 당도했을 때 이선은 이미 옷을 갈아입은
후였다. 갈아입은 옷은 민촌의 백성들이 입는 무명옷이었다. 궐 안
에서 복색을 갖추지 않은 자는 부모를 잃은 상주나 국문을 받는
대역 죄인들뿐이었다.

"간밤에 들보가 무너지는 소리가 났지."

이선의 목소리가 떨렸다.

"지금 가면 못 볼지도 모르네."

혜경궁은 대답이 없었다. 궁궐의 여느 여인들처럼 혜경궁은 자
주 침묵했다. 여인의 침묵은 대체로 어찌할 수 없음을 견디거나
법도에 순종하기 위함이었으나, 때로는 뜻을 거스르고자 침묵하
기도 했다. 세손을 데리고 들어온 때부터 혜경궁은 말이 없었다.
겨우 입을 열어 내관에게 이금이 어느 문으로 행했는지 물어본 것
이 전부였다. 이선은 아내의 침묵을 깊이 들여다볼 수 없었다. 혜

경궁은 이선에게 눈길을 주거나 고개를 돌리지 않았다. 이산을 껴안고 있을 뿐이었다. 아들을 껴안은 어깨에 잔뜩 힘이 들어갔다. 이산이 숨 막힌다며 몸을 뒤척였으나 혜경궁은 팔을 풀지 않았다.

"모자라도 쓰고 갈까."

이선이 혜경궁을 바라보았다.

"학질에 걸려 한기가 돌아 털모자를 썼다 하면 혹시 관대하시지 않겠는가. 게다가 내 것이 아닌 세손의 것을 쓰면 정신이 온전치 않다 하여 혹여 처분을 미루시지는 않겠는가. 자네가 세손의 모자를 좀 가져다줌세."

"세손의 모자가 작아 저하게 맞겠습니까…… 저하의 모자를 쓰시지요."

혜경궁의 말끝에 울음이 배어나왔다.

"……지아비보다는 자식이겠지. 자네 참 무섭고 흉한 사람일세."

이선은 자신의 모자를 건네는 내관의 손길을 뿌리치고 빠른 걸음으로 문밖으로 나갔다. 뒤에서 이산이 자신을 부르는 소리가 가물가물 들렸다. 혜경궁이 뒤늦게 이산의 모자를 가져오라는 명을 내린 것 같기도 했다. 이선은 돌아보지 않았다. 목 앞에 드리워진 칼날은 여전히 두려웠으나 아내 앞에서 내색할 수는 없었다.

앞뜰은 썰렁했다. 이미 이선을 호위하던 시강원과 익위사의 관원 상당수는 사직했다. 명분상으로 사직이었으나 야반도주나 다름없었다. 세자가 죄인이 되면 세자를 모시던 자들 또한 죄인이었다. 겨우 몇 명만이 남아 울음을 숨기며 배웅했다.

이선은 하늘을 올려다보았다. 바람은 맑았고 구름 한 점 없이 청명했다. 덥다…… 이선은 문밖에 잠시 머물렀다. 볕을 받으니 이마에 땀이 솟았다.

민촌에서는 농사일이 가장 바쁘다는 망종이었다. 이선은 십여 년 전 온천으로 가다 마주쳤던 농촌 풍경을 떠올렸다. 궐 밖으로 보름 넘게 외출한 적은 그때가 처음이었다. 그날도 이렇게 더웠다. 이선은 그때 습진을 앓았다. 짓무른 허벅지를 긁으면 손에 진물이 묻어나왔고 깊게 긁힌 자리에서 피가 났다. 어의가 약초를 짓이겨 바르면 잠시 가라앉았으나 궁복을 입으면 어김없이 도졌다. 이선은 다리를 문지르며 논의 풍경을 보았다.

내리쬐는 햇빛을 받으며 농군들이 바지를 걷어붙이고 보리를 베고 모를 심고 있었다. 농군들이 노래를 부르자 논에 찬 물이 농군들의 발목에 걸려 추임새를 넣듯 찰박거렸다. 아는 체하기 좋아하는 측근 하나가 저 노래가 이앙가移秧歌, 모내기 노래라고 알려주었다. 백성들은 노래를 하며 일을 한다더니 저것이 그 노래구나. 이선은 탄복하며 모내기를 한참이나 지켜보았다. 모를 심는 농군들의 손길에는 한 치의 망설임도 없었다. 모판에서 모를 떼어내 모의 목을 잡았는데 어림잡아 손에 열 개는 들린 듯했다. 하나를 심고 나면 지체하지 않고 다음 모를 잡았다. 농군들은 길게 이어진 논의 한 줄을 다 채워야 허리를 폈다. 모내기하는 무리의 규율은 엉성해 보였으나 심고 난 모의 행렬은 비뚤거나 어긋남이 없이 바르고 단정했다. 모내기는 단조롭고 떳떳하여 모내기를 모내기가 아닌 다른 말로 부를 수 없었다.

이선은 농군들이 불렀던 이앙가의 구절을 기억 속에서 더듬었지만, 노래는 쉽사리 떠오르지 않았다. 온천에서 습진은 나았으나 긁은 자리의 상처는 흉터로 남았다. 지독하게 긁지 않았으면 남지 않았을 흔적이었다. 이선은 눈을 돌려 궁궐을 높게 둘러싼 석벽을 바라보았다. 벽은 높고 단단하고 치밀해 넘나듦을 잴 수 없었다. 이선은 벽 안에 있었다.

"가자, 갈 시간이다."

이선은 휘령전으로 향했다.

이선은 휘령전에서 임금을 맞았다. 이금은 세자가 자신을 맞이하지 않으면 휘령전에 들지 않겠다고 고집을 부렸다. 이금은 손에 칼을 쥐고 좌정했다. 이선은 뜰아래에서 임금에게 네 번 절했다.

"그대들도 신령의 말을 들었는가? 중전이 이르길 변란이 호흡 사이에 있다고 한다."

이금의 시선이 중전의 신주에 닿았다. 이금은 귀신의 입을 빌려 이선의 죄를 말했다. 임금의 말에는 때로 쇳소리가 묻어나왔다. 그 소리가 대신이나 내관들에게 닿을 때마다 그들은 저도 모르게 자세를 낮추곤 했다. 임금의 목소리는 감출 수 없는 병증 같았다. 언어는 정결했으나 그 소리는 강퍅했다. 이금이 말하면 신하들은 엎드려 다듬어진 언어 사이를 엿봤다. 이선은 관과 용포를 벗고 엎드렸다. 맨발 차림이었다.

"너, 애비를 죽이려고 미리 상복까지 입었구나."

"대비마마와 중전마마 초상 때부터 입어온 상복이옵니다."

"삼년상 끝난 지가 언젠데 그따위 변명을 하느냐!"

이금이 칼을 두드렸다. 별감들이 상자를 들고 나오더니 내용물을 이선 앞에 가득 쏟았다. 환도와 보검, 지팡이, 부적, 서적 등이었다.

"이것은 다 무엇이냐? 네가 궁궐 후원에 무덤 파고 관 짜고 상복 입어 날 저주하며 죽으려고 한 것 아니냐?"

"전하께서 저를 죽은 사람 취급하기에 제가 제 무덤을 팠사옵니다."

이금은 말을 삼켰다. 칼을 뽑아 이선에게 던졌다.

"자결하라…… 내가 죽으면 나라가 망하지만, 네가 죽으면 삼백 년 종사는 보전할 수 있다."

"조선의 국법에 자결이라는 형벌도 있사옵니까? 제게 죄가 있다면 의금부에 넘기시옵소서."

"이것은 나랏일이 아니고 집안일이다. 나는 지금 가장으로서 애비를 죽이려고 한 자식을 처분하려 한다. 지금 자결하면 세자의 이름은 잃지 않을 것이다."

"언제부터 나를 세자로 생각하고 자식으로 생각했소……"

"네가 왕손의 어미를 때려죽이고, 여승을 궁으로 들였으며, 서쪽으로 여행하여 북쪽으로 놀러 다녔는데, 이것이 어찌 세자로서 행할 일이냐? 신하들은 모두 나를 속였으니 만약 이를 알리는 이가 없었다면 내가 어찌 알았겠는가? 왕손의 어미를 네가 처음에 매우 사랑하여 우물에 빠진 듯한 지경에 이르렀는데, 어찌하여 마침내는 죽었느냐? 그 사람이 아주 강직하였으니 반드시 네 행실과 일을 간하다가 이로 말미암아서 죽임을 당했을 것이다. 또 장래에 여승의 아들을 반드시 왕손이라고 일컬어 데리고 들어와 문안할 것이다. 이렇게 하고도 나라가 망하지 않겠는가? 죽어라. 어서 죽어라."

이금의 말을 들은 이선이 허리띠를 풀어 스스로 목을 조르자 강관講官, 조선 시대 임금에게 경서를 강의하던 일을 맡았던 정사품 문관 벼슬들이 달려들어 이선을 구했다. 자결하라…… 자결하라…… 이금은 말을 멈추면 이선이 살아나기라도 할 듯이 외쳤다. 이선은 머리를 바닥에 몇 차례 찧었다. 악에 겨운 몸부림이었다. 이선의 이마가 찢어졌다. 피가 솟자 신하들이 아우성쳤다. 이금은 금군임금을 호위, 경비하는 친위병을 부려 신하들을 쫓아냈다. 이선은 혼란한 틈에 합문 밖으로 나와 소변을 보았다. 죽음이 지척이었으나 요의는 생의 막간도 놓치지 않고 찾아왔다.

"세자는 어디 있느냐!"

임금의 목소리는 일흔의 노인 같지 않았다. 이선은 벗어날 수 없음을 알았다. 오줌을 털어내고 이선은 휘령전으로 다시 들어갔다. 이산이 따라 들어와 아비를 살려줄 것을 간청했다. 이금은 세손을 내쫓았다. 이산의 처조부가 세손을 안고 휘령전을 나왔다. 신하들이 재차 들어와 울거나 머리를 부딪치며 목청을 높였다. 이금은 닭을 쫓듯 그들을 문밖으로 몰아냈다. 이선은 소리치고 부딪치며 스스로 깨지고 굴렀다. 이선은 죽음으로 나아가 생을 찾으려 했으나, 휘령전은 귀신의 공간이었고 궁궐은 임금의 터전이었다.

임금에게는 당장 세자를 죽일 명분과 권한이 없었다. 이금은 세자를 폐할 것을 명했다. 세자를 죽인 신하로 남을 수 없는 자들은 질겁하여 임금의 명을 거부했다. 이선을 죽이지 못해 발을 구르던 이금이 말했다.

"뒤주를 가져오라."

"아버님, 살려주시옵소서……"

혜경궁은 임금에게 쫓겨난 아들을 품고 집영문 밖에서 이선을 기다리다 뒤주가 들어가는 것을 보았다. 이선의 고통은 소리로 전해졌다. 지아비의 비명에는 피울음이 섞여 있었다. 이선이 돌아온다면 거처로 돌아가 저 피를 닦아내겠지만, 돌아오지 않는다면 피는 휘령전 안에서 아물지 않고 흐를 터였다. 경화문이 왜 불길한가…… 아버지는 왜 아들을 폐하고 죽이려는가…… 조부 손에 죽은 아비를 둔 아들은 어찌 살아야 하는가…… 혜경궁은 막막

하여 울었다. 어미가 울자 아들은 따라 울었다. 이산은 아이처럼
울지 않았다. 숨죽여 우는 어미를 따라 조용히 울었다.

진동

하늘은 보이지 않았다. 울창한 푸른 잎들은 끝도 없이 위로 솟으며 하늘의 푸른빛을 독차지하고 있었다. 간간이 그 사이를 비집고 들어오는 햇빛에 비친 잎들은 하늘의 빛이었다. 바람이 이따금 불 때마다 요란한 소리가 났다. 죽을 때가 되어야 꽃을 피운다는 대나무는 죽기 직전까지 푸르렀다. 이금은 대나무에 꽃이 피고 열매가 열리면 구만 리를 날아다닌다는 봉황이 내려와 그것을 먹는다는 이야기를 알고 있었다. 이금은 피어난 그 꽃이 화려하거나 아름답지 않을 거라 생각했다. 봉황이 대나무꽃을 탐하도록 만드는 것은 대나무에 얽힌 생과 사의 일대였다. 일생을 걸어야 빛나는 생의 의미를 이금은 알기 어려웠다. 책에서 읽은 수많은 사람들이 죽기 직전에야 사서史書에 등장했다. 대신들은 생을 걸고 간언이나 충언을 내뱉어 죽음으로써 역사에 남았다. 무신들은 전장에 뛰어들어 죽거나 포로가 되지 않기 위해 자결함으로써 장계에 이름을 올렸다. 그들의 삶은 일일이 기록되지 않았다.

무성한 나무와 무성한 잎 사이사이에서 어치 우는 소리가 들려왔다.

……참나무를 찾다가 길을 잃었는가.

어치는 언젠가 참나무를 찾을 수 있겠으나 이금은 찾을 것이 없었다. 한성의 번잡함을 벗어나 도망치듯 나온 곳이 한강의 물줄기를 따라 자리 잡은 대양리였다. 대양리는 한성에서 뱃길로 반나절 거리였다. 마을은 강이 강으로 이어지는 경계에 강줄기를 찌르듯 자리 잡고 있었다. 토질은 좋았으나 경작할 땅이 좁아 사는 이는 적었다. 습한 날에는 물안개가 자주 피어올라 어둠이 걷힌 후에도 날빛을 머금은 안개가 마을을 감싸듯 덮었다. 마을의 뒤편으로는 온통 대나무숲이었는데 마을 사람들은 종종 대나무를 잘라 한성으로 가는 배에 실어 팔았다. 이금을 내려준 배도 대나무를 한가득 싣고 돌아갔다. 이금은 아직 돌아갈 배를 부르지 않았다.

이금의 뒤를 따르던 박정수가 입을 열었다.

"이만 돌아가심이…… 정국이 흉흉하옵니다."

"그만한 일로……"

"통제사가 귀양 가는 일이 작지 않습니다."

"어디로 떠났다 하던가."

"함경도의 북청 언저리라 하온데……"

통제사 민함의 파직과 귀양 소식을 전하는 목소리는 담담했다. 이금은 함경도를 가본 적이 없었다. 들리는 소문으로 그곳은 춥고 험하며 범이 출몰해 귀양 간 사람들이 살아 돌아오지 못한다고 했다. 그러나 통제사의 신분으로 그런 삼수갑산까지 들어가지는 않았을 것이고, 물과 땔감이 귀한 곳에서 고생을 하다가 어느 시기를 만나면 돌아올지도 모른다. 살아남는 것이 문제였다. 얼음과 짐승의 시간을 버티고 견디는 사이 시간은 흘러간다. 삶과 죽음 사이에 무엇이 남아 있는지는 누구도 알 수 없었다.

"알아보라." 이금이 말했다. "그가 어디로 귀양 갔으며, 그곳이 얼마나 멀고 험하며, 대로에 속하는지 소로에 갇혔는지, 그곳의 기후는 어떠하고 먹고 마심이 얼마나 고된지 말이다. 나는 그가 당할 일을 내 일처럼 보고 싶다."

"나으리." 박정수는 이금의 말을 잘랐다. "나으리가 민함의 안부를 생각하심은 그를 걱정하는 마음이옵니까, 아니면 나으리 스스로를 걱정하는 마음이옵니까."

"나는 민함의 안위를 물었네."

"나으리와 민함은 한 번 만나 반 식경간 이야기를 나눈 사이가 아니옵니까. 나으리의 근심은 민함에 닿아 있지 않사옵니다. 나으리는 나으리 스스로를 걱정하는 것이옵니다. 그리하여 민함에게 닥친 일이 행여 나으리에게 닿을까, 그 고됨을 헤아려보는 것이 아니옵니까."

그의 말은 거침이 없었다.

"자네 말이 바르네. 허나 알아보지도 못하겠는가?"

"스스로를 돌보시려면 올바로 돌보시옵소서. 통제사가 파직도 모자라 귀양까지 가는 것은 그 죄가 무겁고 중하다는 말인데, 그 죄는 나으리께 닿아 있나이다. 이번에 일이 벌어진 것은 나으리를 지켜보는 눈이 천 개라는 뜻이옵니다. 죄가 닿은 자가 죄인의 향방을 좇으면 그 일이 보이기가 어떻겠사옵니까?"

죄가 닿은 자라. 이금은 그 말이 무거워 입을 다물었다. 민함이 귀양을 간 것은 죄가 있기 때문인데 그 죄는 이금 자신에게서 나온 것이었다. 죄를 행하지 않았으나 살아 있는 것이 죄였다.

"나으리, 감히 아뢰오나 삶은 살고자 하는 자에게 있는 것이옵니다. 민함은 죽음의 길로 들어섰으나 그 길이 꼭 죽는 길은 아니옵고 살고자 하면 살아나올 수 있는 길이옵니다. 그렇다 해도 그것이 죽음의 길이 아닌 것은 아니므로 나으리는 그 길을 살피지 마시옵소서."

이금은 박정수를 쳐다보았다. 이제 갓 서른이 된 그는 빈틈없이 단단해 보였다. 박정수의 일처리는 단호하고 망설임이 없었다. 이금은 그의 명백함이 언젠가는 헤아릴 수 없는 일조차 가를 것이 두려웠지만 그의 말을 들을 수밖에 없었다.

박정수는 광주의 쇠락한 선비 가문에서도 서자 출신이었다. 과거에 급제하고도 실정에 어두워 지방의 천직을 전전하다 집에 들어앉은 아버지는 손이 곱고 허리가 굽었다. 안방에 자리를 차지하고 앉아 아침부터 저녁까지 글을 읽었는데, 박정수는 서책 넘기는 소리를 들으며 자랐다. 터울이 큰 적자들은 다섯 살 때부터 책을 잡아 이십 년을 공부했으나 관직에 나아가지 못했다. 읽고 쓰기에 진력이 난 박정수는 열세 살 때 집을 나왔다. 살림살이가 팍팍했던 집에서는 박정수의 출가를 반기는 눈치였다.

거리로 나가는 자식에 대한 마지막 의리로 아버지는 박정수에게 한양의 한 기방을 소개시켜주었다. 평생을 글읽기로 소일한 아버지가 이런 곳에 끈이 닿아 있음에 박정수는 놀랐다. 황망해하는 박정수에게 그를 데리러 온 기방의 잡부가 웃으며 말했다. 네 애비도 거시기가 달렸으니 너를 낳았을 게 아니냐?

기방의 풍경은 박정수에게 새로운 세상이었다. 고관은 권력이 남아서, 한직은 권력이 모자라서 이곳을 찾아 조롱하거나 아부했다. 기방의 대청마루는 늘 생기가 넘쳤다. 그곳은 살아 있는 공간이었으며, 그 힘은 욕망에서 나왔다. 박정수는 욕망하는 자들이 살아가는 삶의 힘을 깨달았다. 마당을 쓸고 바닥을 닦고 지게를 지며 박정수는 십 년을 버텼다. 그러면서 기생들은 어디서 오는지, 술은 무엇을 쓰는지, 양반들이 쓰는 말투는 어떠한지, 은밀하게 건네고 조아리는 것이 무엇인지를 배웠다.

일처리가 야무지고 말주변이 좋은 박정수는 점차 신뢰를 얻어 젊은 나이인데도 기방의 중요한 일 중에 하나인 손님을 곁에서 모시며 술자리를 여는 일을 맡았다. 이른바 술상아재였다. 어려서 억지로나마 아버지에게 이끌려 책을 들여다본 데다, 기방에서 십 년을 보내며 어깨 너머로 배운 언변이 짧지 않아 양반들과 농을 주고받으며 풍월을 읊기에 부족함이 없었다. 이렇게 되자 박정수를 통해 뇌물을 주고받는 이들도 생겨났다. 박정수는 받는 이의 됨됨이를 따져 뇌물을 그대로 전달하기도 했고, 과하거나 부족함을 따져 뇌물의 효과가 정확히 나타날 수 있도록 도왔다. 일이 잘 성사되면 그들은 박정수에게 넉넉하게 사례를 했다.

그러던 어느 날, 박정수가 묵는 방으로 사람 둘이 찾아왔다.

"평생 기생집에서 시중이나 들면서 살 생각은 아니지 않느냐. 나는 네가 품은 생각을 안다. 왕이 선 땅의 힘은 왕가에서 나온다. 왕가의 곁으로 가라."

그들의 제안은 파격적이었다. 왕의 차남, 연잉군 이금의 휘하에 들어가라는 것이었다. 천한 무수리의 소생이라지만 엄연히 임금의 둘째 아들이었다. 기방에서 세월을 보내며 술상을 보고 기생을 몰던 박정수에게는 평생 들어가기 힘든 자리였다.

"저 같은 놈이 감히 무슨 일을 하겠습니까."

"대군은 궁 밖에 계시다. 밖에 있으면 밖에서 힘을 모으고, 안에 있으면 안에서 힘을 모으는 것이 상책이다. 너는 바깥에서 힘이 어떻게 모이는지 아는 자다. 대군을 모시며 대군이 바라는 대로 팔이 되고 다리가 되고 혀가 되어라. 그 무엇도 되지 않을 때 너는 그림자다. 너는 있어도 없는 것이며 없으나 있는 것이다."

"천한 제가 어찌……"

"대군께서 서자로 자란 자를 찾으신다. 네 출신은 이미 알아보고 왔느니라."

열흘을 고민하던 박정수는 마침내 마음을 정하고 자리를 정리하고 십 년의 세월을 보낸 기방의 장사치들과 종들에게 하직 인사를 했다. 뒷말이 무섭다는 것을 아는 그는 모아두었던 재물을 조금씩 사람들에게 나누어주었다. 집을 떠난 후 소식이 끊기다시피 한 가족에게는 알리지 않았다. 서자는 기방에 나아가도, 왕가로 들어가 출세를 해도 그 가문에 아무런 영향을 끼치지 못했다. 박정수는 그림자가 된다는 말이 기꺼웠다. 박정수가 본 힘은 겉으로 드러난 의복이나 치켜든 창칼, 그럴듯한 문장이나 말에서 나오지 않았다. 힘은 그림자에 있었다. 그늘진 곳에서 만들어진 힘은 드러나지 않아 짐작할 수 없고 잴 수 없어 치명적이었다.

박정수는 나중에야 자신을 불러낸 사람이 병조판서의 심복이었음을 알았다. 그리고 자신이 간 곳이 사람들이 꺼리는 자리라는 것도 곧 알게 되었다. 지금 임금이 정한 왕세자는 따로 있었다. 왕세자가 왕이 되는 날, 왕이 되지 못한 왕자는 곧바로 왕위를 위협하는 자가 된다. 역모에 몰리면 가까이 있는 자들부터 죽임을 당할 터였다. 박정수는 자신의 어리석음을 한탄했으나 이미 들인 발을 뺄 수는 없었다.

조짐은 시작되었다. 통제사 민함은 통제사가 되기 전 이금에게 문안을 왔다가 좋아하는 시가 이금과 같아 반가움을 표하고 돌아간 적이 있다. 통제사가 된 민함은 그 일을 잊지 않고 있다가 부채에 시를 적어 이금에게 선물을 보냈다. 통제사가 왕세자가 아닌 왕자에게 따로 선물을 보냈다는 소식은 곧 알려져 민함은 그 일을 시작으로 갖가지 죄목이 꼬리에 꼬리를 달아 관직을 잃고 귀양을 갔다. 이제 스무 살이 된 젊은 왕자를 바라보는 왕가의 시선은 곱지 않았다.

이금은 한참 만에 입을 열었다.

"…… 부채는 어찌하였나."

"태워버렸습니다."

"어찌하면 좋겠는가."

"어려운 때입니다. 나으리는 그저 기다리시옵소서."

이금은 대나무를 올려보았다. 바람이 부는 것 같지 않은데 대나무는 흔들렸다. 숨길 수 없는 흔들림이었다.

"나무가 숨을 쉬는 것 같구나." 이금은 탄식하듯 말했다. "이만 돌아가자. 배를 찾아라."

둘째

이금은 새벽에 잠에서 깨어났다. 달이 뜨지 않은 밤이었다. 어둠 속에 내뱉는 숨소리가 제 것 같지 않았다. 어둠이 짙어 어둠 안에 도 밝음과 어두움이 갈렸는데, 밝은 어둠이 가물가물 짚어오는 빛이 어디서 오는지 이금은 알 수 없었다. 빛이 있기는 있는가. 어둠은 바라볼 수 없으니 눈이 빛을 바라보는 시늉을 하는 게 아닌가. 이금은 겨우 몸을 일으켰다. 불온한 소식이 전해지던 날에는 종종 생이 몸에서 빠져나가는 꿈이 찾아왔다. 듣지 않아도 될 이야기들이 멈추지 않고 전해졌다. 꿈속의 죽음은 홀가분해서 구태여

삶에 연연하지 않아도 될 법했다. 혼은 한없이 비상했는데 육신의 털어냄은 감탄이 나오는 후련한 배설이었다. 오줌을 지리고 똥을 지리듯 몸도 내뱉어지는구나…… 그러나 잠에서 깨면 삶은 온몸으로 쏟아졌다. 혼이 돌아온 몸은 무거웠다. 꿈속의 혼곤한 비상이 피곤했는지 땀에 전 이불에서 시큼한 냄새가 났다. 갈증이 목을 죄었다. 이금은 머리맡에 놓인 물그릇을 더듬어 사발째로 마셨다.

이금은 새벽부터 박정수를 찾았다.

"이대로는 아니 되겠다. 네가 수고를 해줘야겠다."

이금은 다급했다.

"삼사에 안부를 물어야겠다. 드러내놓고 할 일은 아니다. 서신은 적어놓았는데 네가 이걸 전할 수 있겠느냐."

"사헌부와 홍문관에는 얼굴을 익히 알아둔 자들이 있사온데, 사간원은 말직들의 얼굴이 바뀌어 마땅히 전할 자가 없나이다."

"방법을 알아보아라. 대사간에게도 꼭 전할 말이 있다."

"비밀스럽게 하여도 한 번에 치르면 이야기가 나오기 마련입니다. 서서히 하시지요."

"기운이 좋지 않아 그런다. 저하의 소식은 없느냐."

"별고야 있겠습니까."

이금은 본래 무던한 성품이었다. 어지간한 일은 스스로 해결했고 종들을 괴롭히거나 매질하는 일도 드물었다. 검소하다기보다 번잡스러운 게 싫어 사치하거나 치장하지 않았다. 식사는 소식이었다. 글공부는 여느 사대부만큼 했으나 열성은 아니었다. 두 번째 왕자로 살아가며 이금은 변했다. 잠을 설치는 날이 많아졌고 불안한 날에는 끼니를 거르기도 했다. 궁에서 누군가가 죽어나갔거나 귀양을 갔다는 말을 들으면 손을 떨거나 식은땀을 흘렸다. 이금은 어느 날부터 세자가 된 이복형의 안부를 물었다. 저하는 안녕하시냐…… 저하를 뵈었느냐…… 저하께서 이르는 말씀이 없더냐…… 박정수는 세자가 이금을 죽여가고 있다고 생각했다. 세자가 죽지 않으면 이금이 죽을 것 같았다. 돌려 생각하면 이금이 죽지 않으면 세자가 죽을지도 모르는 일이었다.

박정수는 서신을 받아들고 나와 사간원에서 홍문관으로 승진해 옮긴 아전을 찾아갔다. 예전부터 친분이 있는 사이였다.

"편지를 융통한다면 문서를 관할하는 최우라는 작자를 만나야 할 것인데……"

"이름이 낯선데 별스러운 인물이오?"

"별스럽다면 별스럽지. 아마 참판 가문의 먼 핏줄쯤 되는 모양

이오. 허리를 조아리고 종이 심부름이나 하는 팔자에 제 주제를
모르고 관모가 제 머리에 얹힌 양 세도 부리는 자외다."

"그런 자라면 오히려 다루기 쉽소."

"글쎄올시다. 내가 전근자이니 말은 넣어놓겠소만 한번 겪어보
시오."

홍문관 아전은 근심에 잠긴 얼굴로 박정수가 내민 서신을 옷자
락 속에 집어넣었다.

홍문관 아전의 염려는 옳았다. 박정수는 최우를 찾아가 곶감
을 건네다가 봉변을 당했다. 뇌물을 건네 사간원을 능멸하려 한다
는 이유에서였다. 최우의 심술이 일어난 이유가 뇌물이 적어서인
지, 사간원 대신들의 흉내를 내본 것인지 박정수는 알 수 없었다.
뇌물이 통하지 않자 돌아가려는 박정수를 붙잡고 최우는 곶감을
건넨 근본을 캐내겠다며 추궁을 했다. 참다못한 박정수가 몇 마디
대꾸하자 최우는 아전들을 불러내 박정수를 마당으로 끌고 와 손
으로 때리고 발로 찼다.

박정수가 사간원의 말단 관리에게 얻어맞은 일은 작은 소동이
아니었다. 최우는 관복을 입은 지 세 해가 되지 않아 문서를 정리

하거나 상직들의 잔심부름이나 하는 하리下吏였다. 이 일은 임금의 귀까지 들어가 임금은 최우를 중죄로 다스렸다. 그런데 최우와 아전들이 박정수를 구타하며 "연잉군이 대수인가"라고 내뱉은 말은 이금에게 전해졌다. 아전의 무리는 왕자의 심복을 다스리는 데 망설임이 없었다. 불면의 밤은 길어졌다. 삼사로 들어간 편지는 답장이 없었다.

박정수의 상처가 아물어 가던 해에 궁에서는 장씨 성을 가진 희빈이 죽었다. 희빈이 죽던 해에는 가뭄이 들었는데, 백성들은 보리를 수확할 수 없어 얼굴이 누렇게 떴다. 소와 말을 팔아도 쌀한 가마니를 살 수 없었다. 먹을 것이 없는 자들은 흙을 파먹거나 나무껍질을 벗겨 먹었다. 열 살이 갓 넘은 사내아이는 노비로 팔기 좋았는데, 어느 날 아비 손에 이끌려 나간 형과 아우가 돌아오지 않아도 아이들은 묻지 않고 그날의 밥을 먹었다.

희빈은 궁 안에 신당을 설치하고 무당을 불러 하늘에 빌었다. 희빈의 마주친 손바닥이 중전의 죽음을 향해 있다고 임금은 믿었으나, 희빈을 위하는 자들은 희빈의 주술이 병든 세자를 구하기 위함이라고 말했다. 희빈을 받드는 자들은 온몸에 매를 받으며 희빈의 주술에는 세자의 치유와 중전에 대한 저주가 함께 있다고 말했다. 그들의 말은 이미 살아날 방법이 없는 자들이 매로도 놓지 못하는 진실 같았으나 임금은 희빈을 죽일 것을 고집했다.

남의 말을 하기 좋아하는 자들은 희빈이 사약 받기를 거부하자 임금이 아가리를 벌려 사약을 직접 부어넣었다고도 하고, 어떤 이는 임금이 직접 벌렸을 리가 없다며 입은 사령이 벌리고 약사발만 부었을 것이라 말하기도 했다. 백성늘은 희빈이 사술을 부려 중전을 살해했다고 믿었다. 보이지 않는 자가 부렸다는 보이지 않는 힘의 소문은 끝없이 부풀었다. 오랫동안 굶주린 자들 몇몇은 사약의 맛을 떠올렸다.

희빈은 죽었고 왕세자는 살았고 임금은 자신이 죽인 희빈의 장례를 성대히 치렀다. 희빈을 죽인 자들과 죽이지 않으려 했던 자들이 제각기의 말을 쏟아내던 때, 비는 내릴 조짐을 보이지 않았다. 전라도에서 시작된 가뭄은 경상도와 충청도를 집어삼키고 한강을 넘어 조선을 흔들었다. 사람들이 거리의 해골을 차고 다닌다는 이야기가 사대부의 집 담벼락까지 넘었다. 그렇게 죽음이 발에 채듯 흔하던 날, 이금은 입궐하라는 명을 받았다. 왕이 된 이금의 이복형이 이금을 왕세제王世弟로 책봉한 것이었다. 왕세제의 길이 죽음의 끝인지 이금은 짐작할 수 없었다.

입궐의 명을 받은 날, 이금은 집을 정리하고 의복을 갖췄다. 왕실 안의 삶과 밖의 삶은 겹쳐지지 않았다. 지닌 물건 중 궁 안으로 들일 만한 것은 거의 없었다. 길게 지체할 일은 아니었다. 이금은 노복을 시켜 보따리 하나로 짐을 정리하게 했다. 궁궐 밖의 삶은 가볍게 정리되었다. 남길 것도 가져갈 것도 없었다.

입궐을 하루 앞두고 이금은 가뿐한 술상을 차려 박정수를 불렀다. 이금은 박정수에게 술을 권했다. 박정수는 술을 받아 마시고 이금에게 잔을 건넸다. 이금은 깊이 마시고 제 잔에 술을 따라 한 잔을 더 마셨다. 이금은 술을 거의 마시지 않았지만 가끔 농가에서 빚은 탁주를 마셨다. 탁주의 표면에는 미처 술로 녹아들지 못한 곡식들이 허옇게 떠다니기 일쑤였다. 정제된 방법으로 만들어지는 법이 없는 농가의 술은 손에 잡는 것마다 맛이 제각각이었다. 탁주를 들이켤 때마다 술과 술이 되지 못함의 경계에 놓인 멀건 물들이 식도와 위장을 헤집었다. 탁주는 불현듯 취하고 뒤늦게 깼다.

"내가 자네를 만난 게 얼마나 되었던가."

"햇수로 칠 년이옵니다."

"아전 하나 다스리지 못하던 상전이 이제 왕세제가 되었다니,

자네 감회도 남다르겠어."

"이루 말할 수 있겠나이까."

"사간원 작자들이 친 자리는 아물었는가."

"상처는 남았으나 거동에 불편함은 없사옵니다."

"무사하니 다행이야. 자네는 그 상처를 기억하겠는가, 잊겠는가."

박정수도 술을 마셨다. 술은 시큼했다.

"상처는 이 몸이 기억하거나 기억하지 않으려 한다고 그리 되지는 아니할 것이옵니다. 상처의 뿌리가 깊으면 몸은 상처를 놓지 못할 것이나, 그렇지 아니하다면 어찌 기억할 수 있겠사옵니까."

이금은 웃었다.

"자네는 늘 바른 말일세. 만약 상처를 남기겠다면 자네는 결국 나를 또 따라야 할 것이나, 그 또한 하늘의 뜻이라면 차라리 내가 자네의 길을 점지하려네."

"처분에 따르겠나이다."

이금은 술잔을 기울였다. 이제 술은 거의 남아 있지 않았다.

"내가 자네를 쓴 이유는 자네가 서자인 까닭이 컸지. 서자는 비루하나 한이 있어 뜻을 품으면 그 깊이가 깊어. 나도 왕실의 서자나 마찬가지일세. 첫째가 아닌 둘째로 태어남은 운명이네만 이 땅은 사람이 나면서 고귀한 것과 천한 것이 정해지기에 태어난 때와 곳은 삶의 시작이라기보다 끝일세. 그렇지 않은가."

박정수는 이금의 눈을 올려보았다. 깊은 곳을 들여다본 사람의 눈이었다.

"저 또한 그러했사옵니다. 허나……"

"허나?"

"서자로 태어남이 끝이라면 소인이 어찌 여기 있겠나이까. 나으리께서 소인을 찾으신 것도 끝이 아닌 시작을 풀기 위함이 아니었겠사옵니까."

"풀고 풀어도 끝이 없어…… 나는 벗어나려네."

"벗어날 수 있는 것이옵니까."

"자네는 그리 보지 않는가."

"소인이 기방에 들어가 오물을 쓸고 닦으며 소인이 겪는 화난이 제 생으로부터 나오는 것이 아니라 생각했으면 견디지 못했사옵니다. 기녀는 천한 신분인데 기녀의 시중을 드는 자가 소인이니 소인보다 더 천한 자는 없사옵니다."

"……자네의 말은 가소롭네. 천하게 태어나 스스로를 천하게 대한다면 천하에 누가 자네를 받들겠는가."

"그것이 아니옵니다. 고난은 생으로 왔으나 이후를 기약하는 건 스스로를 천대하지 않는 마음이옵니다."

"자네 마음은 짐작하나…… 나는 이제 내 천함을 스스로 걷어 낼 것이네. 나는 과거에도 존귀하였고 미래에도 존귀할 것일세. 내가 실로 존귀해지면, 내 앞에서 천함을 논하는 자의 입을 부수고 천함을 들은 자의 귀에 칼을 빅을 걸세."

이금은 마지막 술을 마셨다. 내장에서 취기가 끓어올랐다.

"나으리……"

"나는 이제 궁으로 들어가네. 자네는 어찌하겠는가."

"나으리께서는 따르라 하지 않고 물으시옵니다."

"……자네를 아껴 묻네."

"망극하옵나이다."

"궁에서는 어미가 죽어도 왕이 되려 하고, 왕이 되면 어미를 죽인 자들을 죽이려 하네. 어미를 죽인 자들은 왕이 되려는 자를 죽이려 하네. 죽고 죽임 속에 목숨이란 얼마나 하찮은가. 떠나게. 자네 목숨은 귀하네…… 나는 이제 들어가 임금이 되거나 목 없는 귀신이 되네. 어디로 가든 자네와 나는 이승에서는 못 볼 것이네."

박정수는 고개를 들어 이금의 얼굴을 보았다. 흔들리지 않는

표정이었다. 박정수는 대나무숲을 방황하던 그때의 주군이 다시는 돌아오지 않을 것임을 알았다. 토악질이 나도록 흔들리던 칠 년이었다. 죽이지 않으면 죽는 자를 모시며 살아낸 것만 해도 용한 운명이었다.

"나으리의 말씀에 따르겠나이다. 한성을 떠나 이름을 바꾸고 나으리에 관해 일절 입 밖에 내지 않는 자로 살겠사옵니다. 나으리는 용상에 앉으셔도 저를 기억하지 마옵소서."

이금은 대답하지 않았다. 마지막 말을 삼키는 것이 이금이 헤어짐을 받아들이는 방식이었다. 박정수는 한마디를 덧붙였다.

"그저 살아남으셔야 하옵니다……"

다음 날, 이금은 가마를 타고 궁으로 들어갔다. 박정수는 이금이 떠난 날 바로 한성을 벗어났다. 가뭄이 끝나가는 산맥과 들판의 어딘가에서 박정수는 몇 차례의 칼부림과 피바람의 소식을 들었다. 한성에 남아 있던 이금의 심복 몇이 잡혀 죽임을 당했다. 박정수는 홍문관의 아전을 떠올렸다. 그는 죽임을 당한 자 중에 박정수가 없음을 알고 있을 터였다. 박정수는 남쪽으로 달렸다. 이금이 죽거나 혹은 왕이 되었다는 소식이 닿을 때까지 달렸다.

내음

새 임금은 걸핏하면 향을 피웠다. 궁인들은 여염에서 보낸 생활
이 긴 주상이 궁의 공기가 낯설어 그러는 거라 짐작했다. 향이 혼
령을 부른다며 질겁하는 내관들도 있었다. 이금은 냄새에 예민해
비위가 약했다. 수라를 들이면 비린 것을 걷어내고 침채와 곰탕
을 뒤적거렸다. 임금은 숙채와 생채를 즐겼는데, 날것의 향이 서리
지 않았다는 이유에서였다. 임금의 자리에 오른 지 두 해, 이금의
오감은 비틀렸는데 눈은 비비고 귀는 치켜뜨며 입에 쓰고 비린 것
은 뱉어낼 수 있어도 내음은 막을 방도가 없었다. 이금은 가끔 상

하고 비린 것이 내는 내음을 맡았으나 그것이 어디서 나는 내음인
지는 찾지 못했다.

궁궐이 상하고 비린 곳이라 썩은 내가 나는가. 내음은 시취^{屍臭}
일 수도 있었다. 그것은 죽음을 앞둔 형의 몸에서 나던 냄새 같기
도 했고, 형장에서 매와 칼을 받던 죄인에게서 나던 냄새 같기도
했다. 혹은 제 몸에서 나는 냄새가 아닐까 이금은 생각했다.

이금은 날 때부터 죽을 목숨이었다. 이금은 서른네 살의 아버
지 숙종대왕과 스물다섯 살 숙빈 최씨 사이에서 태어났다. 이금에
게는 이복형이 있었다. 형 이윤은 사약을 마시고 죽음을 맞은 장
희빈의 아들이었다. 그는 이금이 태어났을 때 이미 세자였다. 왕이
될 형이 있는 왕자의 처지는 곤궁했다.

이윤이 왕위에 오르자 죽음은 한 발자국 앞이었다. 이윤은 왕
위에 오를 때부터 몸이 좋지 않았다. 왕명은 작아 신료들에게 닿
지 않았고, 어전을 드나들 때는 내관 둘이 달려들어 부축했다. 이
윤은 병상에 누워 입술을 달싹거리며 국정을 돌봤다. 깊이 돌봐
야 하는 일들이 닥쳐오자 이윤은 이금을 왕세제로 정하고 나랏일
을 볼 것을 명했다. 병들었으나 살아 있는 형의 눈앞에서 이금은
이 년 동안 칼날 위에 선 듯 나랏일을 보았다. 흔들리면 자신을

쪼갤 칼날이었다. 칼자루를 쥔 것이 형인지 신료들인지 이금은 알 수 없었다.

병든 형과 건강한 동생을 따라 국론은 갈렸다. 그러던 중 지방 관리 목호룡이 역모를 고변했다. 동생을 추종하는 관료들이 역모를 꾸며 형을 몰아내고 동생을 왕으로 앉히려 했다는 것이다. 병든 이윤을 추종하는 무리는 이를 가벼이 넘기지 않았다. 곤장이 춤을 추고 인두가 살을 태웠다. 목호룡의 혀는 칼날이 되어 오십 명이 넘는 신료가 목숨을 잃었다.

목호룡의 칼날은 이제 이금을 겨누었다. 목호룡은 이금이 역적과 만난 정황이 있다고 말했다. 그러던 어느 날, 이금이 형을 문안하러 가는데, 뜬금없이 여우를 잡기 위해 덫을 놓았다는 환관에 의해 들어가는 문이 막혀버렸다. 그것이 정략인지, 정말 여우가 궐 안에서 날뛰는 것인지 알 길이 없었다. 이금은 갇힌 채로 절명의 순간이 다가왔음을 느꼈다. 막힌 길 너머로 이윤에게 어떤 말이 닿을지 알 수 없었다. 궁궐은 조용하고 내밀했으며 넘을 수 없는 벽들로 막혀 있었다. 이금은 차라리 그 벽들이 자신을 조여 고사枯死되길 원했으나, 정해진 문과 길로 들어야 할 소식들은 어김없이 날아왔다. 이금은 내관의 발자국 하나에도 섬뜩하여 서 있을 수가 없었다. 스치는 바람 한 자락에서도 죽음을 보았다. 지엄한 왕권 아래 목숨은 죽고 죽어 한 줄의 문서로 남았다. 수십 명을 죽인 목호룡은 그 공로로 벼슬을 받았다.

그사이 이윤은 사람을 구분하지 못할 정도로 앓았다. 어의들은 이윤의 병을 진단하지 못했으나 벌을 받지는 않았다. 이윤의 몸을 대한 자들은 그가 이미 살아날 수 없는 지경에 이르렀음을 알았다. 이금은 이윤이 죽는다고 하여 궁에 진동하는 내음이 사라지지 않을 것을 알았다. 이금은 성의를 다해 형을 돌보았으나 이윤은 왕위에 오른 뒤 두 해 만에 죽었다.

임금이 된 이금은 생의 길을 목호룡에게서 찾았다. 그를 죽이면 열릴 것 같던 생은 목호룡과의 대면에서 문을 닫았다. 목호룡은 고개를 빳빳이 들고 이금을 임금이 아닌 나으리라고 불렀다. 매와 불이 목호룡을 부수고 지졌으나 목호룡은 목숨을 다해 임금을 나으리라고 불렀다. 나으리…… 나으리…… 왕이 될 수 없는 왕자였을 때 사람들은 이금을 나으리라고 불렀다. 나으리는 이금을 칼날 위에 세운 죽음의 호칭이었고 천한 궁녀의 아들인 그의 태생을 아로새기는 말이었다. 목호룡은 배후를 발설하지 않았고 결국 목이 잘려 저잣거리에 효수되었다.

목호룡의 배후는 나으리라는 말처럼 깊고 까마득했다. 언뜻 보면 이윤의 편을 들었던 몇몇 대신일 것 같았지만, 살펴보면 천한 신분을 경멸하는 이 나라 전체 같기도 했다. 이금은 어디서부터 배후를 캐내야 할지 알지 못했다.

네 해가 지나 이금이 선왕을 독살했다는 소문이 전국에 퍼졌다. 미처 처단하지 못한 배후들이 결집했고, 극심한 가뭄에 배를 주리고 조정을 저주하던 민심이 반군과 결합했다. 영남은 반역의 분위기로 들끓었다. 죽은 왕을 추종했던 이인좌는 권력욕이 강하고 지는 것을 용납하지 못하는 인물이었다. 목호룡의 혀로 득세했다가 이금이 왕위에 오르며 실각하자 초야에 묻혀 힘을 모았다.

이인좌는 청주성을 습격해 병마절도사를 죽이고 스스로를 대원수로 칭하며 격문을 돌렸다.

본래 주인이 아닌 자가 주인을 칭하면 도적임이 진배없다. 지금 나라에 도적이 상좌에 앉아 스스로를 임금으로 칭하니 대저 본국이 도적의 나라가 아니겠는가. 대왕은 병이 아닌 흉악한 무리가 음식에 독을 타 돌아가셨음을 그대들은 모르는가. 연잉군은 본래 왕상의 핏줄이 아니요, 왕실의 근간을 흔드는 도적떼들이 데려온 이금은 격문을 보이는 대로 불태우라 일렀으나 격문이 만든 말은 죽지 않고 진원지인 영남을 넘어 한양으로 퍼져갔다. 이인좌의 반군은 청주성을 중심으로 진천, 죽산, 안성 등지를 크게 위협했다. 기세등등한 반군은 선왕을 애도한다며 상복을 입고 싸움을 앞두고서 선왕의 묘가 있는 방향으로 절을 올렸다. 이금은 도성 너머로 흰옷을 입은 무리가 창을 높이 세우고 짓쳐들어오는 환영이 보이는 듯했다.

이인좌는 무모하지 않았다. 남쪽을 소란스럽게 하면서 한편으로는 평안병사, 금군별장 같은 지방의 지휘관과 임금의 친위대와 내통해 전국을 흔들 생각이었다. 그러나 이 계획은 선왕을 지지했던 세력의 원로대신 한 명이 폭로하여 수포로 돌아갔다. 병조판서가 이끄는 관군은 원병이 끊긴 반군을 엿새 만에 진압했다. 이인좌는 산으로 도망쳤다가 마을 사람들에게 붙잡혀 한양으로 끌려와 능지처참되었다.

이금은 엿새 동안 선연히 다가왔던 죽음과, 자신의 반대파이면서 이인좌에게 등을 돌린 원로대신과, 가뭄에 주리며 조정을 원망하다가도 이인좌의 팔을 억세게 붙든 죽산의 백성들을 생각했다. 이금은 그들이 추종한 것을 명확히 알 수 없었다. 사직社稷이라는 말은 멀어 손에 잡히지 않았으나 왕권과 신권臣權은 겹겹이 부딪 쳤다. 왕은 왕으로 살고자 했고 신은 신으로 살고자 했는데 제각 기 살아날 길은 공교롭게 서로의 죽음과 맞닿았다. 무소불위의 권 좌에 앉았던 아버지 왕은 신하들을 여러 갈래로 쪼개 작은 쪽으 로 큰 쪽을 누르고 작은 쪽이 큰 쪽이 되면 또 다른 작은 쪽으로 큰 쪽을 눌렀다. 누르고 누르는 가운데 숱한 사람이 죽거나 귀양 을 떠났고 불구가 되기도 했다. 가문은 왕의 저울에 따라 하루아 침에 흥하거나 진멸했다.

　젊은 왕을 맞은 신권은 무섭게 일어났다. 선왕이 뿌린 피거름 은 독초로 자라났다. 이금은 간언 사이에 갇혔다. 옥안獄案, 죄인의 범 죄 사실을 조사한 서류에는 자신의 이름이 여전히 목호룡의 고변에 의해 선왕을 누르고 왕이 되려 한 역적 수괴로 올라 있었다. 한 번 적 힌 이름은 고변한 자의 말이 바뀌어야 달리 적힐 수 있는데 목호 룡은 이미 죽어 그 말은 영원히 남게 되었다. 이제 그 말을 뒤집으 려면 역사를 초월하는 명분과 명분을 떠받들 권력이 필요했다. 기 세등등한 간언들 사이에 그 길은 지난하여 보이지 않았다.

이금은 둘째의 길을 떨쳐 나왔으나 그가 스스로 돌아 나온다고 하여 헤어날 수 있는 길이 아니었다. 천한 피가 흐르는 왕은 역모를 부르는 존재였다. 이금은 기댈 곳이 없었다. 상하고 썩은 내음은 쉽게 가시지 않았다.

내음은 내음을 만나 흩어졌다. 궁이 죽음의 땅이더라도 그 위에 자리 잡은 자들은 결국 살아남은 자들이기에, 생은 미미하고도 곧게 뻗어 있었다. 생의 내음은 남아 있었다. 이금이 영빈을 품은 무렵이었다. 영빈은 대비의 시중을 드는 지밀나인이었다. 대비의 소개로 영빈을 마주하던 날, 내음을 느꼈다. 영빈의 몸에 밴 내음은 향기롭거나 불결하다고 할 것이 없었다. 꽃과 나무에 배어 있는 향처럼 그 스스로에게서 나왔다. 영빈을 품던 날 내음은 더 짙어졌는데 임금을 받기 위하여 쑥과 무청으로 목욕한 말끔한 향취 안에도 내음은 생생히 남아 있었다. 이금은 영빈의 몸이 신비로웠다.

"너에게는 너의 향내가 나니 신기한 일이다."

영빈은 수줍게 고개를 돌렸다.

"천한 몸이 불결하여 전하의 코를 어지럽혔나이다."

"그 말이 아니다. 본래 사람이 사람을 바라보며 그 형세나 음성으로 구분하기 마련이나 나는 눈을 감고 귀를 닫아도 너를 찾아낼 수 있을 것이다. 내가 너를 어찌 잊으리."

"……황송하옵니다."

세월이 지나며 이금은 영빈의 몸에서 나는 향의 연원을 알아갔다. 그 향은 불을 때고 그릇을 씻고 옷을 빨며 일생을 보낸 자의 몸에서 나는 냄새였다. 영빈은 여섯 살에 궁에 들어와 스무 살이 넘어 이금을 만났다. 영빈의 몸은 제 스스로의 힘으로 먹고삶을 감당해온 자의 몸이었다. 영빈의 몸에서 나는 내음은 밥과 옷과 불의 향이었다.

이금은 영빈에게 자주 물었다. 너는 때가 되면 곡식이 자라고 그 곡식을 베어 쌀로 다듬고 그 쌀이 불을 만나 알알이 물기를 머금어 한 그릇의 밥이 되는 이치를 아느냐…… 너는 산과 들을 떠나온 실이 꿰이고 꿰이며 색을 머금어 한 벌의 옷이 됨을 짐작하느냐…… 너는 한 사람이 주인을 받들어 침구를 펼치고 의관을 챙기며 주인이 주인으로 온전히 살아가게 엎드리는 일생을 아느냐…… 영빈은 아는 것은 아는 만큼 대답하고 모르는 것은 모르는 대로 대답했는데, 이금은 찾을 수 없는 것을 찾는 자처럼 묻다가 매달렸다. 이금은 영빈의 몸에서 맑은 향기처럼 영빈의 입을 통해 생에 다가가고자 했다.

이금은 밥을 씹고 옷을 입고 잠을 자는 것처럼 영빈을 찾았다. 영빈을 품을 때면 글로 읽었던 생의 기록들이 날것으로 일어나 몸으로 닥쳐왔다. 영빈의 몸에서 이금은 꿈틀거리는 생을 느꼈다. 이금은 아득히 평안했다.

이금은 영빈의 몸에서 왕자가 태어나길 기대했다. 생을 머금은 몸이 임금의 씨를 받아 발아하여 싱싱하게 영근 생명이 일어날 것을 믿었다. 영빈의 벼슬은 전례에 따르지 않고 올라갔는데, 신료들은 미천한 후궁이 과정 없이 높은 자리에 앉는다며 얼굴을 찌푸렸다. 임금의 내음이 몸에 깊이 박히고 벼슬이 올라갈수록 영빈은 말수가 줄고 얼굴이 어두워졌다. 영빈은 점차 생기를 잃어갔다.

공부

사관史官은 왕의 생을 글로 담았다. 사관의 글은 임금의 죽음으로 완성되었다. 임금이 죽으면 실록청이 열리고 실록청에는 영의정 이하 조정의 주요 관리들이 영사領事·감사監事·수찬관, 편수관, 기사관 등의 직책을 맡아 실록을 만들었다. 실록청에서는 사관들이 작성한 사초史草와 시정기時政記 등을 수집하여 실록의 편찬에 착수했다.

사관들은 일개미처럼 부지런해 쉬지 않았다. 사관 선발은 무척 까다로웠다. 사관은 문과에 급제하여 역사를 서술하고 역사 지식을 갖추며 현실을 직시할 수 있는 자여야 했다. 가문에 반역자가 있어서도 안 되었고 성격이 비뚤어졌거나 동료와 사이가 좋지 않거나 결혼을 하지 않았어도 사관이 될 수 없었다. 사관을 천거할 때 적절한 사람을 천거하지 않으면 천거한 사람조차 벌을 받았다. 사관은 엄하고 신중하게 뽑혔으며 사관에 제수된 인사들은 아부하여 붓을 꺾거나 사실을 왜곡하는 일이 드물었다. 사관은 권력의 밑천을 만드는 자들이었다. 조정의 논리는 선례의 대결이었다. 어떤 행동이나 주장은 선례가 정당성을 부여해주었다. 그것이 아무리 정당한 일이라도 선례가 없는 일이라면 설득력은 줄어들었다. 신하가 정책을 만들 때도, 임금이 신하를 설득할 때도 선례가 동원되었다. 역사는 무기였다. 현재를 현재로 서기 위해 이 나라의 사대부들은 실록을 적었다. 실록에 적히는 사건은 경중을 따질 수 없었다. 모든 사건은 그 스스로 절대적이었다. 사관들은 힘을 다해 바라보고, 적었다.

사관은 여덟이었다. 이들은 번을 나누어서 승지와 함께 궁중에 숙직하고 조회, 조참, 경연, 중신회의에도 참석하여 그 내용을 기록했다. 사관의 소임은 있는 그대로 보고 있는 그대로 적는 것이었다. 사관의 글 안에서 임금의 생은 찬란하지도 참담하지도 않게 적혔다. 이금의 생 또한 무디고도 낱낱이 적혔다. 십 년이 지나갔다.

깊은 밤이었다. 이금은 책을 펴고 붓을 들었다. 이금은 세제였을 때부터 늘 책을 귀하고 가깝게 대했다. 무엇보다 『소학』 읽기에 열성이었다. 열셋에 『소학』을 처음 읽고 임금이 되어서도 『소학』을 다시 읽다가 만년에까지 『소학』을 읽고 해석하는 일을 멈추지 않았다.

이금은 『소학』만이 아니라 『대학』과 『논어』, 『맹자』, 『중용』, 『서전』, 『예기초』, 『시전』, 『주역』, 『춘추』, 『심경』, 『주례』와 같이 성리학의 근간을 이루는 책들을 빠짐없이 읽었다. 이금은 군주가 피와 피의 이어짐으로만 만들어지지 않음을 알았다. 조정은 당쟁으로 얼룩져 서로 죽고 죽이는 싸움이 끊이질 않았고 왕실의 공기는 불온했다. 이금은 죽지 않는 것들을 생각했다. 상념의 끝에 죽음이 몰려오면 이금은 책을 폈다. 글자들은 죽지 않고 책 안에 있었다. 이금은 마침내 책에서 생을 읽었다. 하늘을 공경하고 친척을 두터이 대하고 백성을 사랑하며 당습黨習을 없애고 검박함을 숭상하며 정신을 가다듬으라는 학문의 과정은 생으로 맺어졌다.

요순堯舜의 길이 나의 길이리라…… 이금은 아직 닿지 않은 요순의 세상을 그렸다. 닿지 않아 나아갈 수 있는 요순의 세상은 길게 나아가기에 부족함이 없었다. 탕평蕩平은 요순의 정치와 맞닿았다. 한 붕당의 논리를 따르지 않고 사방팔방의 신민이 따르는 왕도가 탕평이었다. 탕평으로 가는 길에는 군주 스스로의 갈고닦음이 뒤따랐다. 이금은 신료들과 부딪쳤다. 뜻이 받아들여지지 않는 날에는 단식을 하고, 왕 노릇을 못하겠다며 관을 집어던졌다. 십 년이 지나도 왕권은 불안했고, 몸을 던져 외치지 않으면 들리지 않는 말들은 여전히 떠돌았다.

그사이 영빈은 다섯 명의 딸을 낳은 끝에 마흔의 나이에 아들을 낳았다. 영빈은 크게 기뻐하지 않았다. 영빈은 주변 내인들에게 말했다.

"이제 후계가 정해져 종묘와 사직을 맡길 곳이 생겼으니, 내 기쁨이야 다른 사람보다 배는 될 것일세. 하지만 효장세자가 돌아가시지 않았다면 지금의 원자 아기씨는 한낱 왕자에 불과했을 거라네. 지금 요행히 후계자의 지위에 있지만 근심은 한이 없네."

내인들은 영빈의 근심을 이해하지 못했으나, 이금은 영빈의 웃지 못함을 짐작했다. 세자가 태어난 세상은 죽고 죽임의 구덩이 한가운데였다. 궁궐에 얼마나 많은 피가 묻었다가 씻겨갔는지는 늙은 사관들도 알지 못했다. 임금이 한쪽 무리와 손을 잡으면 그 무리는 다른 무리를 쪼아 멸망시켰다. 남은 무리는 시간이 지나면 또 두 무리로 갈라져 칼끝과 칼자루를 놓고 다퉜다. 대신들은 끊이지 않고 죽음의 구덩이에 머리를 들이밀었다. 임금은 정신없이 칼을 휘두르다 어느 날은 제 손목과 발목도 잘랐다. 이금은 분열된 조정에서 탕평을 써서 피를 씻으려 했다. 감투는 나누고 권력은 쪼갰다. 이금은 물지게를 진 듯 휘청거리며 정국의 추를 세웠다. 버거운 무게에 짓눌릴 때면 박정수가 남긴 마지막 말을 떠올렸다. 그저 살아남으셔야 하옵니다……

이금은 책 안에서 발견한 생生을 글자로 옮겼다. 세자에게 줄 책이었다.

귀하게 얻은 아들의 이름은 이선이었다. 내가 살아남았듯이 너도 살아남아야 한다…… 이금은 어린 아들을 쓰다듬으며 생각했다. 임금의 첫 왕자는 임금이 서른다섯 살 때 열 살의 나이로 죽었다. 마흔이 넘어 얻은 아들은 건강했고 세자로서의 위치도 확고했다. 영특한 아들이었다. 두 돌이 지나기도 전에 붓을 들고 종이에 글씨를 쓰고 그림을 그리는 손길이 여간 야무지지 않았다. 세 살 때는 『천자문』을 읽다가 '사치할 치侈' 자가 나오자 입고 있던 비단옷을 벗어던지며 이것은 사치이며, 속 안에 입은 무명 속옷은 사치가 아니라며 집어 말했다. 왕王 자를 보면서 임금을 가리켰고 세자世子 자를 보면서는 스스로를 가리키기도 했다. 저녁밥을 먹다 이금이 부르자 입안의 음식을 뱉어낸 적도 있었다. 『소학』에서 주나라 주공이 음식을 뱉어내며 관원들을 만난 고사를 읽고 따라한 것이다. 세상 여느 부모들처럼 이금의 눈에는 제 자식의 자태가 산같이 높고 연못같이 깊었다.

이금은 무엇보다 어린 나이에도 귀함과 귀하지 않음을 바라보려는 아들이 기특했다. 이금은 다섯 번의 수라 중 점심과 밤참은 들지 않았다. 쌀밥보다 잡곡밥을 찾았고 금주령을 내리기도 했다. 처소 문풍지에 구멍이 나면 손수 종이를 잘라 붙였고, 헌 버선을 기워 신었다. 용상은 비단 대신 무명천으로 지었다. 사치를 싫어해 여인의 머리를 장식하는 화려한 가체를 사용하지 못하게 했다. 겉으로 드러난 귀함에 눈이 끌리면 속에 담긴 참된 귀함을 보지 못한다는 생각이었다.

나으리도 도적도 아닌 세자는 죽음을 모를 터였다. 죽음을 모르기에 생을 알기도 어렵겠지만, 이금은 세자가 학문의 도 안에서 그것을 스스로 깨우치기를 바랐다. 허망한 삶과 죽음의 경계에 말이 있으니, 말을 붙들고 늘어지면 생과 사 또한 들여다볼 수 있을 것만 같았다.

수신, 제가, 치국, 평천하의 도에 나아가라. 소학제사의 쇄소, 응대, 진퇴의 예절과 애친, 경장, 융사, 친우의 도리가 모두 그것의 근본이니라. 소학제사에서 덕이 높고 업이 넓어 그 처음을 회복한다고 했으니 덕은 명덕이요, 그 처음이란 본성이니라. 이는 어리석은 지아비와 부인조차 모두 아나 욕懲에 가려 능하지 못하다……욕을 버리고 근본에 충실하면 그것이 생이다……

내관이 아뢰었다.

"전하, 침전에 드실 시간이 지났사옵니다."

"……아비가 아들을 위해 책을 만드는데 자네 같으면 잠이 오겠는가."

이금은 밤이 깊어서야 침전에 들었다.

시험

이선은 두 살 때부터 『효경』과 『소학』을 읽었다. 이선의 첫 스승은 영의정 이광좌와 좌의정 김재로였다. 이선이 두 발로 땅을 내디딜 때쯤에는 『천자문』을 읽었다. 이때 이금은 중신들을 불러 이선의 모습을 보였다.

"세자를 안아서 몸무게를 재어보라."

대신들은 이선을 돌아가면서 안았다.

"신처럼 늙은 사람은 저하의 체중을 이기지 못하겠사옵니다."

봉조하 조선 시대 종2품 이상의 퇴직 관리에게 특별히 내린 벼슬. 여기서는 영의정 이광좌를 가리킨다가 이선에게 손을 얹고 말했다.

"이 노신의 남은 수명을 저하께 바치오니 부디 만수무강하소서."

"노신의 뜻이 귀하다."

이선은 궁관의 지시에 따라 큰 붓으로 종이에 글을 썼다. 이금이 말했다.

"쓴 것을 너의 스승께 드려라."

이선은 스승인 영의정에게 절하고 글을 바쳤다.

여덟 살이 되던 해 이선은 성균관으로 가 입학을 하는 행사를 치렀다. 성균관에서 이선은 곤룡포를 벗고 유생들이 입은 것과 똑같은 옷을 입어 예를 갖췄다. 이선은 이후 궁으로 돌아와 동궁전 안에서 스승들과 만나 공부를 하고 책을 읽었다.

이선은 매일 날이 밝으면 아침을 들고 곧장 경전을 읽었고 점심을 먹고 나면 역사책을 펼쳤다. 한 달에 두 번은 시험을 보았다. 이선의 스승들이 모두 모여 세자의 공부와 진도를 점검하는 자리였다. 이선은 나이를 먹어가며 『동몽선습』, 『소학』, 『통감』, 『사략』을 읽고 배웠다. 이때 이선의 주된 스승은 과거에 합격해 장령직을 맡고 있던 이천보였다. 이금이 점검하여 세자의 공부가 시원치 않으면 스승들은 벌을 받았다.

이선은 공부에 큰 재미를 느끼지 못했다. 딱딱한 경전보다는 소설을 찾았고, 글을 읽기보다는 붓글씨를 쓰거나 그림 그리는 것을 좋아했다. 이천보는 졸고 뒹구는 어린 이선을 붙들고 일으켜 세우며 공부를 가르쳤다.

"저하, 지금 잠이 오십니까. 『효경』의 뜻을 안다면 잠이 올 수 없을 것입니다. 곧 주상전하 앞에서 시험을 보시는데 어쩌려고 이러십니까? 저하는 공부가 효도이옵니다."

"스승님, 『서유기』로 하면 안 되나요?"

"천박한 잡서로는 공부하지 못합니다."

이선은 천장을 가리켰다.

"스승님, 삼장법사 손오공 저팔계 사오정, 궁궐 지붕마다 다 있는데요."

이천보는 천장을 보았다. 매화와 국화를 새겨 넣고 십장생을 그린 천장에서 세자가 삼장법사와 손오공을 어디서 보았는지 알 수 없었다. 이천보는 젊어서 내시교관으로 일하며 어린 내시들에게 유학의 법도를 무수히 가르쳤다. 내시들의 앉아 있는 자세와 책장을 넘기는 모습만 보아도 그들의 자질을 짐작할 수 있었다. 이천보는 감히 세자를 짐작할 수 없어 눈을 감았다.

세자는 낙성당에 잠시 앉았다 못내 일어나 동궁전의 앞뜰만 밟아도 발걸음이 발랄해졌다. 세자는 틀에 두면 틀 바깥을 보았고 선을 그으면 경계를 지키기보다는 선을 지우길 바랐다. 꽃과 돌 그림을 보면 그려져 있지 않은 나비와 개미가 세자의 머릿속을 날고 기었다. 『효경』을 읽으면 『서유기』가 떠오르는 게 세자에게는 당연했다. 십장생의 문양에서 세자는 여의봉을 그리고 사군자를 비껴 근두운을 공상했다

이금은 이선의 맑은 얼굴에서 어느 날부턴가 불안감을 느꼈다. 정무는 항상 어려워 말에 잡히지 않는 현안들이 걷잡을 수 없이 흘러가곤 했다. 그 붙잡을 수 없음이 아들의 얼굴에도 배어 있었다. 이금은 아들을 유교의 예에 통달한 호학의 군주로 키우고 싶었다. 그러나 문득 살펴보면 아들은 문文에 가까우면서도 멀어, 어느 때는 한낱 백성보다 못한 문맹처럼 보이기도 했다. 이선이 지은 시에는 범이나 바람이 등장했다. 후원에서 말 타고 활쏘기를 즐기다 돌아온 후 혈기를 담아 썼을 법한 시였다.

"한나라 임금 중 누가 우수하다고 보느냐."

"문제이옵니다."

"너의 기질은 무제에 가까운데 문제를 좋아하는 것은 무슨 까닭이냐."

"무제는 쾌활하나 오활하옵니다."

"고조와 무제 중에 누가 더 훌륭한가."

"고조의 기상이 훌륭하옵니다."

"문제와 무제 중에는 누가 더 훌륭한가."

"문제가 훌륭하옵니다."

"이는 나를 속이는 것이다. 네 마음은 반드시 무제를 통쾌히 여길 것이다."

"문제의 정치가 무제보다 훌륭하기 때문에 그리 답하였사옵니다."

"너는 무제의 반 정도만 나를 섬겨도 충분하다. 너는 기가 승하다."

불안을 이기지 못하면 이금은 이선을 불러 시험을 보았다. 책에서 보고 외운 것을 적거나 임금의 질문에 답하는 것이 시험이었다. 이금은 이선을 만날 때도 군신의 예를 갖추게 하여 이선은 임금 앞에서 눈을 들어 얼굴을 살필 수 없었다. 이선은 바닥에 엎드려 임금과 스승이 지켜보는 가운데 시험을 치렀다.

"도야자 불가수유리야 가리 비도야道也者 不可須臾離也 可離 非道也. 도는 잠시라도 떠날 수 없는 것이며, 만약 떠날 수 있는 것이라면 도가 아니다…… 막현호은 막현호미 고 군자신기독야莫見乎隱 莫顯乎微 故 君子愼其獨也. 숨은 것처럼 잘 드러나는 것은 없으며 미세한 것처럼 잘 나타나는 것이 없다. 고로 군자는 그 홀로 있음을 삼가는 것이다."

이금은 상을 두드렸다.

"군자 계신호기소불도 공구호기소불문君子 戒愼乎其所不睹 恐懼乎其所不聞…… 어찌 한 자도 아니고 한 구절을 빼먹을 수가 있는가."

임금의 목소리가 갈라졌다.

"세자는 장차 임금이 될 나라의 뿌리가 아니더냐. 네가 나라를 망치려고 작정하지 않고서야 어찌 이럴 수 있단 말이냐. 들어라. 세자빈객 이천보를 파직하고 지난 식년시에 장원과 차석으로 급제한 민백상과 이후를 세자빈객으로 임명하라."

이선은 종이를 밀쳐두고 포복했다. 이금은 책을 펼쳐 들어 보이며 집어던질 듯 호통쳤다.

"이 책은 애비가 밤잠을 설쳐가며 너를 위해 직접 만든 책이 아니더냐. 이조차 외우지 못한다면 장차 네가 무슨 공부인들 제대로 할 수 있겠느냐. 세자는 일 년에 공부하고 싶은 생각이 몇 번이나 드는가?"

이선은 망설이지 않고 대꾸했다.

"한두 번 드옵니다."

이천보가 숙였던 고개를 들었다.

"저하, 어찌 한두 번이라 콕 집어 말할 수 있사옵니까? 겸손이 지나치시옵니다."

이선이 이천보를 쳐다보았다. 어린 나이에도 맑고 깊은 얼굴이 이천보의 눈에 들어왔다.

"스승님, 내 분명히 압니다."

이천보가 더 이상 변명하지 못하자 이금은 고개를 저었다.

"그러냐. 솔직해서 좋다…… 내가 네 나이 때는 공부를 못할까 두려웠다."

이천보가 다시 입을 열었다.

"저하께서 딱딱한 경전은 재미를 못 붙이십니다만, 『서유기』나 『수호전』 같은 소설을 통해 학문의 길로 인도하심이 어떠한지요."

"일국의 세자는 잡서를 읽지 않는다."

"전하, 너무 조급히 생각하지 마옵소서. 자질이 훌륭하시니 자애로 지켜보시면……"

혀를 차는 소리가 천장을 울렸다.

"세자가 살이 많이 붙었구나. 음식은 한때의 맛이요, 학문은 평생의 맛이다. 배부르되 체하지 않는 것은 학문뿐이다. 전에 일렀으나 다시 말한다. 세자는 내가 이 말을 또 하게 만들지 말라."

이금은 더 이상 묻지 않았다. 이선은 물러났다.

이선은 하루 두 번의 수업을 핑계를 대며 건너뛰었다. 공부하지 않는 날이면 이선은 상궁에게 나무칼을 휘두르며 놀거나, 내관에게 종이로 만든 요괴 탈을 씌우고 막대로 여의봉을 만들어 놀았다. 흥이 오르면 내관 하나를 더 불러 등에 타고 내관의 머리털을 뽑아 손오공처럼 불었다.

이선의 소식은 이금에게 점점이 전해졌다. 이금은 불신을 확인하기 위해 이선을 불러 시험을 보고, 간혹 맞는 답을 말해도 틀릴 때까지 묻고 꾸짖었다. 이금은 혀를 차면서도 이선을 꾸짖었고 한숨을 쉬면서도 이선을 몰아세웠다. 이선은 임금의 시험을 두려워하며 떨면서도 쉽사리 책을 잡지 못했다. 내관들은 이선에게 무골의 기질이 보인다고 보고했지만, 조선의 임금은 무인이 될 수 없었다. 문무의 갈림길에서 이선의 시간은 갔다. 이선은 점점 이금의 얼굴을 잊었다. 이금은 말과 발걸음으로만 존재했다.

혼례

"자주 볼 생각 마라."

혜경궁은 혼례 직전까지도 아버지가 한 말의 의미를 알지 못했
다. 간택을 거쳐 궁중의 법도를 익히기 위해 예법을 배우며 혜경
궁은 어렴풋이 깨달았다. 궁중의 질서는 까다롭고 엄했으며 빈틈
이 없었다. 혜경궁 또한 사대부 집안에서 자라 예절에 어둡지 않
았지만, 궁궐 안에서는 왕실의 지엄함이 더해져 옷깃 한 올, 발걸
음 하나까지 행동거지를 새로 배워야 했다.

"방위는 양동陽東에 음서陰西로 서시되 손님을 맞으면 주동객서

로 손님을 서편에 세우셔야 하옵니다."

"절하면서 읍揖하는 것이 없고 머리도 땅에 대지 아니하기 때문에 어른을 뵈올 때는 그저 협배하시어 예를 갖추시옵소서."

"문안은 조석으로 구전문안口傳問安하시되 조현례朝見禮과 관례, 진연, 진찬, 진작, 거행일 등에는 좋은 언어로 계사문안啓辭問安과 단자문안單子問安을 챙기시되 왕후마마마다 그 뜻을 달리하셔야 하옵니다."

세자빈은 존귀한 만큼 지켜보는 눈이 많았다. 기침 한 번, 웃음 한 번, 눈길 한 번에도 혜경궁 뒤에는 수군거림이 따라왔다.

궁궐의 예절을 가장 따지는 이는 이금이었다. 혜경궁은 가례를 올리는 날을 맞아 자기를 데리러 온 남편의 행렬을 따라 궁궐로 들어갔다. 가례를 올리는 폐백실에서 처음 마주한 이금은 이선보다 세 살이 어린 딸 화완옹주를 무릎에 앉혀놓고 있었다.

"내 정말 아름다운 며느리를 얻었노라. 오늘 너의 폐백도 받았으니 훈계 한마디 하자. 세자를 섬길 때 지극히 섬기고 말소리, 얼굴빛을 가벼이 하지 마라. 무슨 일을 보아도 궁중에서는 모두 예삿일에 불과하니 아는 기색을 비치지 마라. 여편네가 속옷 바람으로 남편을 뵐 것이 아니니, 세자 앞에서 옷을 함부로 헤쳐 보이지 마라. 또한 여편네 입술의 연지가 비록 곱다 해도 남편 옷에 묻은 연지는 아름답지 아니하니 묻히지 마라."

임금의 훈계는 궁궐에 들어가기 전 숱한 친정 어른들이 던졌던 말보다 더 치밀하고 세세했다. 옷을 헤치지 말고 연지를 묻히지 말라…… 내인이나 챙길 법한 말을 이금은 혜경궁의 신방을 열어 보듯 가르치고 있었다. 임금의 가르침이 내리는 동안 폐백실 안은 담벼락에 내려앉은 새가 지저귀는 소리로 요란했다. 오직 이선만이 마주 보이는 화완옹주의 장난에 참지 못하고 바람 빠지듯 웃음소리를 내고 있었다. 이금이 끝내 진중하지 못한 이선을 꾸짖었으나 웃음은 멈추지 않았다.

다음 날 이금은 혜경궁의 부모를 궁으로 불러 사돈 대면을 했다. 그다음 날에는 인정전에서 잔치를 열어 혜경궁과 친정 식구들을 초대해 대접했다. 잔치를 끝내고 혜경궁은 대조전으로 왕비들에게 문안 인사를 갔다. 대왕대비도 꼼꼼히 예절을 따졌다.

"어찌 옹주 따위가 장차 왕비가 될 빈궁과 어깨를 나란히 하고 앉는단 말이냐. 어서 곡좌의 예법을 갖추어라."

갖추어라, 대비의 말을 받아 중전이 나무라자 혜경궁을 따라 들어온 화완옹주가 얼른 혜경궁과 틀어 앉았다. 세자빈인 혜경궁과 옹주인 화완은 나란히 앉지 못하는 게 궁궐의 법도였다.

대비는 내인이 건네준 담뱃대를 받아 담배를 연신 피웠다.

"별궁에 머물 때 궁중의 법도는 다 익혔을 터, 주상을 모실 때 각별히 유념해야 할 것이 있느니라."

대비의 눈길을 받은 중전이 가볍게 한숨을 쉬었다.

"나야 무늬만 중전이지. 주상을 오래 모신 영빈이 하시게."

영빈이 말했다.

"주상께서는 말씀을 가려 쓰시는데 '죽을 사死' 자, '돌아갈 귀歸' 자는 꺼려서 일절 쓰지 않으시니라. 정무회의 때나 밖에 나가서 일 보시며 입으셨던 옷은 갈아입으신 후에야 안으로 드시고, 불길한 말씀을 들으면 침전에 들 때 양치질하고 귀를 씻으신 뒤, 미워하는 사람을 불러 한마디라도 말씀을 건네 부정을 털어낸 다음에야 안으로 드시니라. 좋은 일과 좋지 않은 일을 하실 때는 출입하는 문이 다르니 좋은 일에는 만안문으로, 흉한 일에는 경화문으로 드시니라. 또한 사랑하는 사람이 있는 곳에 사랑하지 않는 사람이 함께 있지 못하게 하시고, 사랑하는 사람이 다니는 길을 사랑하지 않는 사람이 다니지 못하게 하시니라. 주상은 이처럼 사랑과 미움을 드러내심이 감히 헤아리기 어려울 정도로 분명하니라."

대비가 말했다.

"빈궁은 미운털 박히지 않도록 각별히 유념해야 할 것이야. 어찌나 까탈스러운지……"

대비전을 나와 혜경궁은 빈궁전에서 친정 식구들과 작별인사를 했다. 상석에 앉은 혜경궁에게 아버지 홍봉한을 비롯한 일가친지들이 절을 했다. 홍봉한이 입을 열었다.

"빈궁마마, 궁궐의 세 어른들의 말씀을 거스르지 마시고 조심하여 집과 나라의 복을 닦으소서. 저희는 이만 사가로 물러가겠사옵니다."

"아버님……"

혜경궁은 자신에게 존대하는 아비가 낯설어 울었다. 숙부 홍인한이 말했다.

"빈궁마마, 이 경사스러운 날 울지 마소서."

놔두게…… 홍봉한이 동생을 만류하며 잠시 혜경궁의 얼굴을 바라보았다. 홍봉한은 딸이 세자빈이 되고 나서 잔치를 열거나 다른 내색을 하지 않았다. 소문은 빨라 객이 뜸하던 집에는 소식 없던 먼 친척들까지 뻔질나게 드나들었다. 홍봉한은 그들이 들어오면 오게 하고 나가면 가게 했다.

혜경궁은 이제 열 살이었다. 혜경궁의 몸은 작고 여렸다. 홍봉한은 딸의 몸과 왕가의 삶이 쉬이 겹쳐지지 않았다. 간택의 경쟁을 지나 딸이 세자빈에 가까워지는 일은 길이면서 흉이었다. 홍봉한의 집안은 아버지가 판서까지 지낸 세도가였지만 그는 형제끼리의 재산 다툼에 밀려 가난하게 살았다. 혜경궁의 어미는 딸이 세자빈으로 간택되자 혼수로 쓰려고 마련한 옷감으로 다홍치마를 해 입혔다. 평생 입혀보지 못한 좋은 옷을 마지막으로 입혀보기 위함이었다.

혜경궁은 자라면서 명예는 높으나 실상은 곤궁한 집안 형편을 알아가며 겉으로 드러내거나 원망하지 않았다. 곤궁하면서 드높게, 존귀하면서 비루하게 살아가는 삶을 혜경궁은 견뎌내는 것으로 받아들였다. 홍봉한은 그것이면 됐다 싶었다. 빈궁으로 살기에 열 살은 어린 것 같았지만, 차라리 일러서 다행이기도 했다.

"자고로 왕가의 인척이 되는 것을 남들은 복이라 부러워들 하지만 나는 그렇게 생각하지 않는다. 총애가 따르면 권세도 따르겠지만, 권세가 커지면 재앙이 온다. 이는 선비의 가문에 화의가 될 흉사로 생각함이 마땅할 것이다. 빈궁마마는 어리지만 내 말뜻을 아실 것이다."

식구들을 향한 홍봉한의 말에 혜경궁은 한층 서럽게 울었다. 울음소리는 문풍지를 넘을 정도로 컸다. 혜경궁은 울음 사이로 이선이 노는 소리를 들었다. 빈궁전에 따라온 이선이 지루함을 견디지 못하고 앞뜰에서 내관들과 놀이를 하는 소리였다. 혜경궁은 울음을 그치고 귀를 기울였다. 장난기 심한 아이의 소리였다. 아직 똑바로 본 적이 없는 남편이었다. 혜경궁은 이선을 목소리로 먼저 만났다. 침잠한 듯 무거운 빈궁전의 공기 안에서 이선의 목소리는 들떠 있었다.

대리청정

이선이 열다섯 살이 되던 해 이금은 승지에게 봉서封書를 내렸다. 봉서의 첫머리에 '중옹과 백이'라는 글자가 있고, 하단에는 '을유년의 등록'을 상고하라는 글자가 있었다. 승지들은 당황하여 곧장 이선을 찾았다. '중옹과 백이'는 아우에게 왕위를 사양하고 도망친 중국 고사 속 인물이고, '을유년의 등록'이란 숙종대왕이 세자인 경종에게 선위하겠다고 명했던 일을 말한다. 임금의 봉서는 세자에게 왕위를 물려주겠다는 내용이었다.

왕실은 흔들렸다. 비보를 접한 대신들은 말과 가마를 달려 입궁했다. 늦은 시각이었다. 이선은 촛불을 밝히고 춘방의 관원들을 불렀다. 이선의 스승들은 입을 모아 말했다.

"주상 전하의 본심은 선위가 아니옵니다. 십여 년 전에도 그러셨지만 저하와 신료들의 마음을 떠보시려는 것이옵니다. 그 속내를 드러내실 때까지는 그저 불복하여 죄인으로 지내셔야 하옵니다."

"나는 잘 모르겠습니다. 속에 담은 마음을 왜 하지도 않을 선위로 발설하시며, 또 내가 죄인이 되는 것은 무슨 말입니까."

"저하, 주상 전하의 마음을 헤아리소서."

나는 두렵습니다…… 이선은 말을 삼키며 궁복을 벗고 무명옷으로 갈아입으며 석고대죄를 준비했다. 왕이 권좌에서 물러남은 왕을 모시는 자들에게는 죄였다. 왕위를 물려받을 세자에게도 마찬가지였다. 선위의 뜻이 나오는 순간부터 이선은 때를 가리지 않고 먹지도 자지도 않은 채 대죄하여 뜻을 거둘 것을 빌어야 했다.

승정원과 홍문관의 관료들은 즉각 임금에게 다시 봉서를 올리며 선위의 명을 거둘 것을 청했다. 이금은 거절했다.

"내가 감히 사직을 잇고자 이 자리에 있었지만 임금 노릇하기를 즐겨하지 않는 마음은 이십오 년이 하루와 같았다. 날마다 세자가 나이 들기를 기다렸는데 이제 다행스럽게도 열다섯 살이 되었다. 오늘 이 일은 하나는 저승에 가서 형님의 얼굴을 뵐 수 있도록 하고자 함이고, 하나는 임금이 되기를 즐거워하지 않는 마음을 이루고자 함이며, 하나는 갑자년 이후 병이 더해 하루아침에 고치기 어려울까 두려운 마음에 이제는 정사에서 벗어나고자 함이다. 하나는 세자가 기품이 뛰어나지만 뒷날 과연 어떻게 행동할지 알지 못하는 까닭에 내가 살아 있을 때 보려고 한다. 하나는 비록 보통 사람도 부형父兄이 있으면 다른 사람이 그 자제子弟를 업신여기지 못하는데, 세자가 어찌 시국의 형편에 따른 편벽한 내용의 상소를 알 수 있겠는가? 오늘 기반을 세우고자 한다."

임금의 말은 한 치의 빈틈이 없어 진실로 왕위를 놓고자 하는 사람의 마음 같았다. 그러나 한편으로 임금의 말은 구구절절하고 세세하여 조목조목 따지고 들면 말리지 못할 말도 아니었다. 신하들은 엎드려 임금의 뜻을 곰곰이 살폈다.

영의정 김재로가 나섰다.

"세자의 공부가 하루가 급한데, 어찌 번거로운 국사를 맡겨서 시간을 아껴 힘써야 할 공력에 방해가 되게 하시옵니까?"

좌의정 조현명도 거들었다.

"지금 전하께서 나이가 들었다고 하여 임금의 짐을 벗고자 하신다면 세자의 마음이 어떠하겠습니까? 지금 이렇게 온갖 정무를 돌보게 한다면 세자의 강학에 방해가 될 터인데, 어찌 이것이 아버지의 자식에 대한 지극한 사랑의 뜻이겠습니까?"

신하들은 목소리를 합쳐 선위를 거둘 것을 청했다. 개중에는 눈물을 흘리는 이도 있었다. 임금의 눈에 저 멀리 엎드려 대죄하고 있는 이선의 모습이 들어왔다.

"여러 사람의 마음을 살펴 다시 생각해보건대, 선위가 부득이하다면 대리청정은 어떠하겠는가? 이 또한 불가한가?"

영의정이 말했다.

"그것도 아니 될 말이옵니다."

이금이 손으로 서안을 내리쳤다.

"……크고 작은 공사公事를 모두 승정원에 머물게 하라. 나는 결코 임금 노릇을 하지 않겠다."

좌의정이 겨우 입을 열었다.

"천하의 대성인으로서 큰일을 시행하며 이처럼 소리치고 노하는 경우는 없사옵니다…… 전하의 깊은 뜻을 신들은 간신히 헤아리옵니다."

대신들은 마침내 입을 모았다.

"삼가 성상의 뜻을 받들겠나이다."

신하들은 고개를 조아렸다.

이금은 그 자리에서 대리청정의 전교를 썼다. 모든 정무를 세자가 대리하되 필요할 때면 세자와 재신들이 함께 입시하여 나랏일에 관해 임금의 재결裁決을 받도록 했다.

이선은 세 살 때부터 어전회의가 열리는 사정전에 들어갔다. 이선은 사정문을 지나 마당에 홀로 서 있는 사정전에 들어가는 것을 좋아하지 않았다. 사정문을 들어서면 삼공과 육경을 비롯해 관복을 갖춰 입은 신하들이 동서로 배열한 가운데, 한편에는 사관이 앉아 임금과 신하의 말을 모두 받아 적었다. 붓이 종이를 비비는 소리가 들릴 정도로 조용하다가 화살이 궤적을 노리듯 누군가의 입에서 말이 터져 나왔다. 임금과 신하의 목소리는 낮았고 언어는 어지러웠다. 어린 이선은 그들의 말을 대부분 이해하지 못했다. 지루함을 견디려 주변을 둘러보다 때때로 자신이 왕위에 올랐을 때 늙은 대신의 웅얼거림을 알아들을 수 있을지 걱정했다.

나이가 들어서는 조금씩 대화의 맥락을 깨달을 수 있었고, 어느 날은 말과 말 사이의 살기殺氣를 읽었다. 그 안에 놓인 임금의 모습도 눈에 들어왔다. 이금은 막힘없이 신하들의 말에 대답했지만, 신하들이 던지는 말의 무게는 무거워 보였다. 이금은 말의 무거움을 눈에 띄지 않는 한숨으로, 떨림으로, 고개 저음으로 견디어내는 눈치였다. 이금은 임금 자리의 살기와 무게를 이선이 알아채기를 바라는 눈치였다. 이선은 왕이 견디어내는 자리임은 알았지만 왜 그래야 하는지는 알 수 없었다. 이선은 견디느니 견디지 않기를 원했고 무너지느니 피하기를 바랐다.

대리청정이 결정되던 날, 이선의 스승들은 걱정했다.

"훈민정음, 사군육진, 측우기가 세종대왕의 업적으로 알려졌지만, 실은 아들 문종대왕께서 세자 시절 대리청정하면서 이룬 것이옵니다."

"그러나 그 노고가 세종대왕이 이룬 것이라 말하지 않는 사람이 있겠습니까. 그러기에 대리청정은 잘해야 본전이라는 말도 있사옵니다."

"스승님들, 대리청정은 아바마마를 위한 것이지 저를 위한 것이 아닙니다. 염려 마십시오."

이선은 자기가 말하고 저도 모르게 웃었다. 떳떳하지 못한 웃음이었다. 웃음으로 울고 울음으로 웃는다…… 이선은 궁궐 안에서 벌어지는 웃음과 울음에 대해 생각했다. 웃음은 드물어 보기 어려웠고 울음은 참아서 드러나지 않았다. 궐 안은 울고 웃기에 엄중한 곳이었다.

이선은 사정전에서 임금을 모시고 정무에 나섰다. 이금은 이선의 뒤편에 앉았다.

"오늘은 세자가 과인을 보좌하여 정사를 연다. 아뢸 일이 있으면 세자에게 해도 좋다. 나는 곁에서 지켜보겠다."

호조판서가 말했다.

"주상께서 하교하신 대로 한 사람당 두 필이던 군포를 한 필로 줄이면 국방 예산 팔십만 냥이 부족하옵니다."

이선이 답했다.

"호조에서 준비한 대안을 말해보라."

"지방 관청의 판공비와 예비비를 전용하여 십이만 냥, 군역 기피자를 적발해 군포 한 필씩 부과하여 오만 냥, 도합 십칠만 냥을 확보할 수 있사옵니다."

"팔십만 냥이 부족한데 십칠만 냥이 있어봐야 여전히 부족하

다. 양반들이 소유한 전국 토지 팔십만 결에서 결당 오 전씩 토지
세를 부과하여 사십만 냥을 확보하라."

"저하, 양반은 군역을 부담하지 않는 것이 국법이옵니다."

"그대들은 입만 열면 조선이 사대부의 나라라고 떠들면서 어찌
국방의 의무는 굶주린 백성들에게 떠넘기려 하는가?"

이선은 꼿꼿이 대신들을 보았다.

"왕실과 종친도 솔선수범하여 어장세, 염전세, 선박세 명목으로
십만 냥을 내놓겠다. 그래도 부족한 십삼만 냥은 방만한 오군영의
군사 조직을 통폐합하여 절감하겠다. 어떠한가?"

병조판서가 소리를 높였다.

"저하, 병권에 관한 문제만은 건드리시면 아니 되옵니다."

"어찌 그러한가."

"전하께서 등극하실 때 저희들과 맺은 약조가 있사옵니다."

이천보가 병조판서의 말을 막았다.

"저하, 그 약조를 빌미로 저들이 병권을 독점한 결과, 폐단이 한
두 가지가 아니옵니다. 차제에 일부 당파가 군대의 요직을 독점하
는 폐단만은 반드시 혁파해야 하옵니다."

이선이 병조판서를 쏘아보았다.

"어찌 군대 내에서까지 당파를 용납할 수 있단 말인가. 몹쓸 일이다."

병조판서 말했다.

"그것은 당파가 아니라 오군영 무관들의 친목을 도모하기 위한 모임일 뿐이옵니다."

"이 나라 군대가 친목을 도모하는 곳이더냐. 그 말이 우습다. 어찌 임금의 군대에 당파가 있을 수 있단 말인가. 오늘부로 수어청, 어영청, 총융청, 금위영, 훈련도감의 모든 당파를 남김없이 혁파하고, 주상 전하와 병조판서 오군영 사이에 단 하나의 명령 체계만 있게 하라."

신료들은 긴 침묵으로 동요했다. 한참 후에야 영의정이 말했다.

"함경도 관찰사의 상소이옵니다. 성진에 둔 방어영을 다시 길주로 옮기는 것이 좋겠다 하옵니다."

좌의정이 대꾸했다.

"육진으로 통하는 길은 아홉 갈래인데 모두 길주로 통하옵니다. 하오나 성진은 세 갈래 길만 막을 수 있을 뿐이옵니다."

이선이 답했다.

"전에 함경도 지도를 보긴 했으나 자세히 살피지는 못했다. 방어영을 길주로 옮기면 성진은 어떻게 지킬 것인가."

"일부 진졸을 남기면 되옵니다."

"그렇다면 방어영을 길주로 옮기는 게 맞다."

이금이 이선의 말을 잘랐다.

"비록 네 말이 옳다 해도 내가 성진으로 방어영을 옮긴 것은 다 이유가 있어서 한 일이 아니더냐. 그걸 네 맘대로 옮기면 경솔하다. 앞으로 중요한 일은 나에게 아뢴 뒤에 결정하라. 길주와 성진의 형편을 비변사 당상관을 보내 직접 살펴라."

이금은 오래전에 길주가 마을은 크나 방어가 어려워 직접 지도를 살피며 성진으로 방어영을 옮겼다. 함경도를 가로지르는 마천령산맥의 요지에서 성진은 혈자리처럼 자리 잡고 있었다. 성진은 마을이 작아 지키기 쉬워도 버티기는 어려우나 북방의 무리 또한 둘러서 길게 치는 족속이 드물어 그저 범접치 못하게 하고 위용을 보이면 자연히 물러가리라······ 이금은 그날의 이야기를 기억했으나 이선은 알지 못했다. 이금이 대신 앞에서 꾸짖자 이선은 부끄러웠고 목소리를 곧게 낼 수 없었다.

임금과 이선을 번갈아 살피다가 호조판서가 말했다.

"지난번 중국에서 사신이 왔을 때 호조에서 수어청으로부터 은을 빌렸고, 수어청은 쌀 삼백 석을 세금으로 호조에 납부해야 하옵니다. 그런데 수어청에서 우리가 갚아야 할 은과 바꾼 셈 치자며 쌀을 내주지 않사옵니다."

수어서가 말했다.

"호조판서의 말은 일방적 주장이옵니다. 우리 수어청이 변란을 대비하여 비축한 은은 돌려주지 않으면서, 세금으로 쌀을 보내라는 것이 말이 되겠사옵니까?"

호조판서가 대꾸했다.

"소신은 그런 약속을 한 일이 없사옵니다. 하지도 않은 말을 전하니 이는 수어사의 잘못이옵니다."

"우리 수어청의 쌀은 벌써 은으로 바꾸었사옵니다. 지금은 호조로 보낼 쌀이 없사옵니다."

"쌀을 은으로 바꾸었다는 말은 믿을 수 없사옵니다. 수어청에 있는 천여 석의 쌀을 팔았다면 소신도 눈과 귀가 있는데 어찌 몰랐겠습니까?"

이선은 쉽게 입을 뗄 수가 없어 임금을 돌아보았다.

"어찌하오리까?"

이금이 혀를 찼다.

"그만한 일을 혼자 결단치 못하느냐. 대리시킨 보람이 없다. 수어청은 호조로 쌀을 보내고, 호조도 수어청에 은을 갚으라."

어전회의가 끝나고 이금은 사정전을 빠져나가며 이선을 불렀다. 이선은 고개를 숙이고 임금의 이야기를 들었다.

"너는 백성의 어려움을 아느냐."

"책으로 읽고 대신에게 들어 말은 아나 그를 감히 다 헤아리지는 못하옵니다."

"네가 읽고 들은 말 중에 아름다운 말이 있더냐."

"임금은 산과 같고 백성은 흙과 같다는 좌의정이 말이 좋았사옵니다."

"사부가 모두 들어와 있는데 좌의정만 칭찬하면 영의정이 궁색하지 않겠느냐."

이선은 고개를 들어 이금을 쳐다보았다. 이금은 눈을 마주치지 않았다.

"너는 임금의 어려움을 알라. 이금이 신하를 부리는 데 당파를 통합하여 등용하는 것이 옳겠느냐, 당파를 나누어 등용하는 것이 옳겠느냐."

"아직 보고 들은 것이 짧아 잘 알지 못하옵니다."

"한쪽은 버리고 한쪽을 취하면 반드시 화가 일어난다. 시원시원하게 처리하니까 좋더냐? 너는 그게 병이다. 너는 아비의 뜻을 거스른 자들의 편을 들었으니 이제 조정은 네 편과 내 편으로 갈렸다."

"병권과 인사권은 바로잡아 마땅한 듯하여……"

"몰라서 그냥 두지 않았다. 내가 이십오 년 동안 당파 간 죽고 죽임이 없도록 만든 일을 너는 단 하루 만에 무너뜨렸다. 새겨들어라. 왕은 결정하는 자리가 아니다. 신하의 결정을 윤허하고 책임을 묻는 자리다."

이선은 아무 대답도 하지 못하고 고개를 떨궜다. 이금은 자리를 뜨려다가 이선을 돌아보고 몇 마디를 덧붙였다. 목소리가 작아 대신이 알아들을 수 없다거나, 대님이 똑바로 매어 있지 않아 옷차림이 모자라다는 이야기였다. 내관들은 고개를 숙이고 이선을 향한 임금의 꾸짖음을 들었다. 이금은 꾸짖음은 조심스럽지 않아 돌아가는 몇몇 신하들의 귀에도 들렸다.

그해 가을에 가뭄이 들어 많은 백성이 죽었다. 이금은 세자에게 덕이 없어 재난이 일어난다고 주변에 말했다. 그 말을 전해 들은 이선은 비가 오고 바람이 불면 쉽게 잠들지 못했다.

어미

이선의 생모는 영빈이었다. 선대부터 왕손의 씨앗이 귀했다. 영빈은 다섯 딸을 낳고 마흔이 되어서야 이선을 낳았다. 영빈은 후궁의 신분이었으므로 세자의 어머니 노릇은 중전이 했다. 영빈은 죽을 때까지 중전이나 대비가 되지 못했다. 태어나자마자 친모의 품을 떠나 중전의 보살핌 아래 자랐다. 생모의 품에 안기거나 살가운 대화를 나눠본 기억이 없었다. 이선이 임금의 눈 밖에 난 후, 이금은 영빈과 이선이 가까이 지내는 걸 용납하지 않았다. 의례적으로 올리는 문안 외에, 어미가 병이 나 문병을 가는 모습만 보아도 이금은 이선을 내쫓았다. 이선은 임금에게 문병을 들키면 문으로 달아났고 급하면 창문을 넘거나 담을 타기도 했다.

영빈은 경복궁 동쪽의 관광방觀光坊에서 태어났다. 흔한 민가의 자식이었다. 영빈의 아비는 일찍이 과거에 급제하였으나 쓰이지 못하고 초야에 묻힌 유생이었다. 억척스러운 어미는 궁궐에 어렵사리 끈을 대어 영빈을 궁녀로 넣었다. 여섯 살에 궁에 들어간 영빈은 집으로부터 변변한 뒷바라지를 못 받으면서도 일손이 야무져 선왕의 칭찬을 받기도 했다. 영빈은 대비를 모시다가 대비의 주선으로 승은을 입었다. 왕실의 후사를 걱정하던 대비는 행동이 신중하고 성격이 모나지 않은 영빈을 아꼈다. 임금과 영빈은 내리 다섯 명의 옹주를 낳았다. 이선은 여섯 번째로 나온 고명아들이었다. 그사이 놀고먹던 아비는 좌찬성까지 벼슬이 올랐다.

군불을 때던 궁녀가 승은을 입었다고 해서 하루아침에 그를 대하는 태도가 달라질 수 없었다. 상관 노릇을 하던 상궁들은 영빈이 아니꼬워 영빈을 모시는 자들을 몰아세우고 괴롭혔다. 신경이 날카로워진 나인들이 지은 밥은 설었고 잠자리는 거칠었다. 영빈은 나인들을 닦달하거나 나무라지 않았다. 손수 나서 나인들을 불편하게 하지도 않았다. 그저 받고 삼키며 앉고 누웠는데, 이선은 장성하며 생모의 말수가 점점 줄어든다는 생각을 했다. 영빈은 전혀 임금의 총애를 받는 후궁 같지 않았다. 뿌리의 깊이가 아득한 나무처럼 서서 영빈은 세상을 감당했다.

영빈은 가끔 며느리를 불러 위로했다. 영빈이 혜경궁을 대할 때는 아들을 대할 때와는 다른 친근함이 있었다. 영빈은 혜경궁에게 궁궐에 들어오기 전 민가에서의 삶을 물었다. 다 듣고 나서는 혜경궁의 손을 잡고 당부했다.

"빈궁은 잊지 마십시오. 마당에 개가 뛰는 소리와 잡부들의 땀내와 몸종들의 투정과 소가 게을리 우는 울음을 기억하십시오…… 들로 놀러 가면 능선 너머 해가 지고 바람은 경계 없이 몰아치는데, 꽃잎은 흩어지며 풀바람이 알싸한 동네 뒷산을 다시 밟진 못해도 마음으로 담으소서…… 우리는 살아 궁중귀신이나 죽어서는 돌아갈 곳을 찾아야지요……"

궁녀로 오래 산 영빈의 손은 거칠었다. 궁녀로 살았으면 늙으나마 궁궐을 벗어날 수 있었지만 승은을 입은 후궁은 말마따나 궁중귀신이었다. 영빈의 손을 보며 혜경궁은 손이 고와 임금에게 소박 당했다는 중전의 소문을 떠올렸다.

중전은 영빈과 달리 임금의 사랑을 받지 못했다. 그래서 신하들은 이선을 중전에게 보내며 중전이 세자를 아끼지 않을 것을 걱정하기도 했다. 이금은 중전을 맞은 첫날밤 이후로 다시는 중전의 침전을 찾지 않았다. 이선은 혜경궁에게 그 일을 들었다.

"상감마마가 중전을 처음 맞이하여 그 손이 고와 이유를 묻자 중전께서 귀하게 자라 손에 물을 묻히지 않은 까닭이라 답하시니 상감마마께서 대노하셨다고 하온데……"

"그게 어찌 노할 일인가."

"상감마마의 깊은 노여움을 어찌 알겠습니까. 저하께서 자꾸 물어 대답하였으나 그 말 한 마디로 부부가 화목하지 못하다는 말부터가 괴이하니, 궁중의 소문은 소문으로 넘기시옵소서."

"걱정 말게. 깊이 새기지 않겠네."

깊이 새기지 않겠다…… 그러나 이선은 그 후로 종종 중전의 첫날밤 벌어졌던 일을 상상했다. 사대부 여인의 손이 고운 것은 당연한 일이다. 중전의 친가는 세종대왕 때부터 여섯 임금을 섬긴 대학자 서거정의 집안으로 이름난 명문가였다. 그러나 이금은 중전이 죽을 때까지 아내를 용서하지 않았다. 지나가는 발걸음으로도 대조전을 찾지 않았다.

중전은 풀 곳이 없는 사랑을 이선에게 몰아 부었다. 이선은 중전을 만나 즐겁고 재미있었던 일을 나눴다. 오늘 먹은 굴비가 유난히 달더라…… 번을 서는 내인이 생김새가 말을 닮아 주변에서 짓궂게 놀리는데 그 모양이 우습더라…… 이선이 입술만 달싹여도 중전은 웃었다.

그러면서 중전은 오지 않을 임금을 기다렸다. 중전은 작은 감기만 앓아도 대조전의 본실에서 건넌방으로 거처를 옮겼다. 문안 온 이선이 물으면 중전은 가물가물한 목소리로 말했다.

"병과 죽음은 흉한 것이라 앓더라도 대조전에서 앓으면 안 됩니다. 대조전은 왕실의 대를 이을 왕손을 낳는 곳이니……"

중전은 대조전이 품을 생을 지키고자 했으나 임금의 씨앗은 심어질 기미를 보이지 않았다. 맺어지지 않은 땅에서는 독이 자랐다. 중전은 왕비가 된 후로 담증을 앓았다. 어느 순간 가슴 어딘가가 돌로 막은 듯 답답해지면 등을 두드리고 가슴을 치고 어의가 침을 놓고 약을 먹어도 해소되지 않았다. 중전은 가끔 피를 토했다. 중전이 토혈은 임금의 귀에 들어가지 않았다. 이금이 들었으나 잊은 것인지, 말해봐야 소용없음을 아는 어의들이 입을 닫은 것인지 아는 사람은 없었다.

임금의 생모가 침방내인이었음은 이선도 알고 있었다. 침방내인은 평생을 궁중의 옷과 이불을 털고 빨고 바느질하며 살았으니 이금을 쓰다듬던 어미의 손은 거칠었을 것이다. 아내의 손을 잡을 때 이금은 어미의 손을 떠올렸을까 싶었다. 사대부들은 겨울에 누비옷을 입어 추위를 견뎠다. 왕가의 식솔들은 이금이 즉위한 후로 누비옷을 입지 않았다. 이금이 입지 않는다는 이유였다. 사람들은 임금의 어미가 침방에서 누비옷을 만들며 유독 고생했던 것을 떠올리며 이금이 누비옷을 입지 않는다고 수군거렸다.

어느 추운 날, 이선은 내방의 나인 하나를 불러 누비옷을 만드는 일을 물었다.

"누비는 두 겹의 천을 포개어 안팎을 만들고 그 사이에 솜을 넣어 줄이 지게 바늘로 꿰매옵니다. 궁궐의 옷은 잔누비라 하여 촘촘하게 바느질해야 추위를 막는다고 배웠사온데…… 바느질이 들뜨지 않게 해야 하기에 두루마기 한 벌을 지으려면 스무 날이 지나도 부족하옵니다. 바느질을 마치면 오리나무, 신나무, 붉나무, 밤나무 잎과 열매를 캐서 물을 들이는데 염료를 택하고 물을 들이려면 사흘 내리 염료를 만들고 버리기를 서너 차례 반복하옵고……"

"그만 알겠다. 궐 안에서 누비를 짓지 않으니 너희는 평안하겠구나……"

　세자가 궐 밖에 나갈 일은 드물었다. 그나마 바깥바람을 쐬이는 길은 선왕의 묘를 참배하는 능행이었는데, 이금은 매년 능행에 나서면서도 한 번도 이선을 데려가지 않았다. 이선은 스물두 살이 되던 해에야 대비의 칠순을 맞아 수가隨駕, 임금이 나들이할 때 따라다니던 일할 수 있었다. 이선은 궐 밖으로 나가는 일이 기뻐 목욕재계를 하고 능행 중에 왕실 식구들에게 편지를 썼다.

　"궐 밖이라고 궐 안과 달리 바람이 들고 달리 풀이 돋지는 않겠으나, 저는 밟는 발자국마다 새롭고 신기하니 영문은 모르나 마음은 기쁩니다. 홍제원 아래 여러 가지 연꽃은 깨끗하게 붉게 물들었는데 구름 노을 휘장 속 꽃향기가 바람에 묻어옵니다. 꽃향기가 비 갠 달처럼 깨끗하기 그지없으니 태극옹을 다시 만난 것 같습니다. 멀리 바라본 산은 첩첩이 돌고 물은 쓸쓸히 흐릅니다. 푸른 바위는 깨끗하고 푸른 나무는 가지런합니다. 아직 날은 어두워 밝은 달 아래 힘을 다해 울어대는 소쩍새가 애련합니다. 길 끝은 멀어 저를 부르는 듯하나 이 길은 궁을 떠나는 것이 아니라 돌아가기 위한 길일 것입니다. 궁궐은 평안한지요……"

검암의 주정소에 도달했을 때 소나기가 내렸다. 이금은 돌연 이선을 불렀다.

"너, 전라도로 내려가는 이의경에게 독서가 가장 즐겁다는 시를 써줬다며?"

"⋯⋯예."

이금의 눈빛은 사나웠다.

"독서가 어찌 너의 즐거움이 될 수 있느냐. 너는 이의경을 속였을 뿐만 아니라, 그 시를 돌려 읽으며 너를 칭송할 호남 사람 전부를 속인 것이다. 너란 인간은 말을 타고 개를 몰며 칼질하는 게 즐겁다고 써야 할 것이야."

이금은 어가 위에 있었다. 이선의 머리 위로 비가 쏟아졌다.

"네가 그따위로 거짓말이나 하니 가뭄에 시달리는 호남에 내려야 할 비가 이 거룩한 능행길에 내리지 않느냐. 이제부터 내 앞에서 곧은 마음을 과시하지 말라. 너는 숙종대왕릉에 참배할 자격이 없다. 궁으로 돌아가라."

이선을 뒤로하고 이금은 큰 소리로 한탄했다. 아들이 한 명만 더 있었어도⋯⋯

이선은 그 길로 궁으로 돌아왔다. 이선은 대비를 찾았다. 대비

는 궁에서 유일하게 임금을 입 밖으로 꾸짖고 욕할 수 있는 사람
이었다.

"세자는 견디시고 견디시되, 대장부가 울 수는 없으니 못 견디
겠으면 못 견디겠다 말씀만이라도 하소서."

대비가 울지 말라고 할 때마다 이선은 대비의 품에 안겨 울었
다. 대비는 이선이 울며 매달릴 때는 법도를 따지지 않았다. 대비
는 임금의 친모가 아니었기에 이선의 친조모도 아니었다. 대비는
자식이 없었다.

선위

禪位

이선은 몸을 움츠렸다. 몸을 감싸고 감싸도 추위는 가시지 않았다. 흐린 하늘을 눈송이가 갈랐다. 귀신이 나온다면 이런 날이 아니겠는가, 이선은 생각했다. 담벼락에 드리운 그림자 사이로 무언가 희끗거리는 것 같기도 했다. 귀신이 나온다면 『옥추경』을 외워볼까 싶었다. 임금과 스승들이 손사래를 치며 읽지 말라던 잡서였다.

이금이 선위를 말한 지 사흘이 지나갔다. 이선은 어릴 때 그러했듯이 임금 앞에 나아가 대죄하고 읍소했다. 이틀째 되던 날부터 눈이 내려 내인이 남몰래 덧대준 솜옷이 젖었다. 귀하게 자란 몸은 추위에 무너질 듯 떨렸다. 동궁전의 내관들은 순번을 정해 몰래 이선의 옷을 갈아입히고 입에 미음을 떠먹였다. 얼마 전 홍역을 앓아 몸이 축난 이선은 까무러치듯 무너졌다.

이선은 본서本書와 잡서의 사이에 무엇이 있는지 알 수 없었다. 유학의 도리는 본서에 있었으나 유학이 세상을 다 설명해주지는 않았다. 이선은 저녁 공부를 마치고 돌아오는 길에 자란 꽃 몇 송이를 아꼈다. 유학은 월색이 저민 능소화에 잠잠하게 떨어지는 이슬을 설명하지 못했다. 이선에게 꽃은 그저 꽃이고 이슬은 그저 이슬이었다. 이선은 꽃을 꽃이라 말할 수 없어 한없이 답답했다. 답답함이 가슴 깊이 쌓이면 이선은 검을 뽑아 휘두르거나 활을 들어 쏘거나 귀신과 요괴가 나오는 글을 찾아 읽었다. 휘두르는 검의 끝과 화살이 가르는 허공과 귀신을 부르는 독경 안에서 이선은 세상을 보았다.

『옥추경』을 건네준 이는 본문을 독경하면 숱한 신장神將이 나와 읽은 자를 돕는다고 했다. 이선은 저도 모르게 나지막이 입술을 달싹였다. 구여이 좌청룡피안변 우백호피호랑 남주작피구설 북현무피질병…… 그러나 귀신도 이 추위를 쫓지는 못할 터였다.

해산한 지 얼마 지나지 않은 혜경궁이 백일 난 아이를 데리고 나와 대죄하는 남편을 끌어안고 갔다. 아이의 이름은 이산이었다. 대업을 이을 왕세손이었다. 이산을 낳던 날 이선은 용꿈을 꾸었다. 용이 구름을 뚫고 나와 땅으로 향하는 꿈을 꾼 후 이선은 세손의 탄생을 짐작했다. 혜경궁이 산통을 시작할 때 이선은 자신의 꿈에 나온 청룡을 부채에 그렸다. 장인이 세손이 보위에 오르는 날 그림을 부채로 만들어 바치겠다며 이선의 그림을 거두어갔다. 이선은 고사리 같은 아들의 손을 더듬으며 이 아이는 자라 대죄하지 않길 바랐다.

자식을 품으니 자연히 이선은 아비 생각이 났다. 자식이란 이리도 여리고 귀한 것인데, 나의 아비는 어찌하여 자식을 모루로 쇠를 치듯 달구고 버리기만 하는가. 심지어 내 몸이 쇠라 한들 한바탕 내리쳤으면 물에 담가 열기를 다스려야 명검이 되는 게 아닌가.

이선이 짐작할 수 있는 아비의 모짊의 까닭은 오직 임금이라는 두 글자뿐이었다.

"백성들의 집에서는 부모가 자식을 사랑으로 기른다."

종묘에서 선왕의 신주를 모신 자리들을 살피다 이선에게 건넨 이금의 말이었다.

"허나 왕가에서는 자식을 원수처럼 여기고 기른다 했다. 너는 왜 그런지 알겠느냐?"

"자식을 생각하는 부모의 본심이야 어찌 다르겠사옵니까."

"다르다."

이선은 저도 모르게 임금의 얼굴을 보았다. 문득 이선은 이금의 얼굴이 자신과 닮아 있음을 보았다. 이금의 발걸음은 선왕의 신실 앞에 멈췄다.

"나는 여기 종묘에 올 때마다 조상들의 피울음소리를 듣는다. 이 어른은 부인에게 사약을 내린 숙종어른이시다. 부인에게 사약을 내리는 마음을 너는 아느냐…… 사람들은 내가 형님을 죽이고 왕이 됐다고 한다. 너는 어찌 생각하느냐?"

"자기 당파의 이익을 위해선 무슨 말인들 못 지어내겠습니까. 괘념치 마소서."

"이곳에는 형제와 조카까지 죽이고 종사를 지킨 임금들도 계시다. 왕가에서 자식을 원수처럼 기른다는 뜻을 이제 알겠느냐?"

이금은 계속해서 물었다. 물음은 끝이 없었다. 이금은 물음으로 답을 찾지 않고, 물음을 물음으로 이었다.

"네가 임금이 되면 알 것이다."

아직 임금이 되지 않은 이선은 자식을 원수로 기른다는 말을 이해할 수 없었다. 이선은 손으로 이산의 얼굴을 감쌌다. 차가운 손에도 아랑곳하지 않고 아비를 알아본 아들이 방긋 웃었다.

이금은 나주인들을 국문하던 날부터 흔들렸다. 나주의 객사인 망화루 기둥에 벽서가 붙었다. 간신의 무리가 조정에 가득하니 백성들의 삶은 도탄에 빠졌다…… 저들이 도성을 차지하고 있으니 분연히 일어나 대병으로 옥석을 가르고 간사한 꾀를 누르며 어리석음을 다스리리라…… 사건의 주동자는 이인좌가 난을 일으켰을 때 아버지는 죽임을 당하고 자신 역시 연좌제에 걸려 이십여 년 귀양살이 끝에 나라에 원한을 품은 역신의 아들이었다. 그는 나주 목사 등과 공모해 세를 불리고 중앙의 고위 관료들과도 결탁해 모의를 꾀하던 중, 민심을 동요시키기 위해 거병을 암시하는 글을 붙이다가 발각되었다.

임금의 노여움은 컸다. 이금이 직접 역모 주동자들을 문초하여, 그들과 결탁했음이 밝혀진 몇몇 가문이 무너졌다. 이금은 이인좌를 고문하던 날 이후로 오랜만에 자신을 나으리로 부르는 무리를 만났다. 함께 붙잡혀 장을 맞던 신치운은 입에 피거품을 물었다.

"천한 무수리의 자식…… 나으리, 나주 사람들은 이미 나으리의 천함을 헤아리고 남소!"

"나는 갑진년부터 게장을 먹지 않았소!"

장을 치던 눈귀 어두운 군졸은 죄인이 실성했나 싶었지만, 신치운은 경종대왕이 돌아가던 갑진년에 이금이 선왕에게 게장을 먹여 독살했다는 소문을 따라 임금을 조롱하고 있었다. 생을 저버린 자가 목청껏 소리치는 비명은 임금을 떨게 했다. 이금은 반역자들을 죽일 것이며 그와 연루된 무리를 모조리 밝혀 삼족을 멸할 것이었다. 죽는 자도 죽이는 자도 그 사실을 알았다. 그러나 신치운이 남긴 말은 남을 터였다. 이금이 바친 게장 이야기가 내궁을 타고 외벽을 넘어 나주와 더 멀리까지 전해졌듯이 신치운이 악에 바쳐 남긴 불안은 조선 전역으로 퍼질 것이다.

그날 저녁 이금은 귀를 씻으며 이선을 불렀다. 이선은 곁에 서서 이금이 귀 씻는 소리를 들었다.

"너 왜 친국장이 오지 않았느냐. 공부라도 한 게냐."

이금의 어조는 평온했다. 대역 죄인을 심문하고 온 사람 같지 않았다. 이선은 이금이 자신을 꾸짖기 위해 부른 게 아님을 알았다. 아비의 지시에 따르지 않은 게 한두 번이 아니기에 굳이 불러 이유를 물을 까닭이 없었다. 이선은 이금이 귀를 헹궈 증오를 씻어 내리듯, 마음에 쌓인 미움을 자신에게 털어내려 함을 느꼈다. 이금은 벽서를 읽은 후 수백 명을 죽였다. 사람을 죽일 때마다 이선을 불러 별안간에 안부를 물었다. 이선은 형장으로 나가 거열형이 집행되는 것을 지켜봐야 했다. 죄인이 여섯 조각으로 찢어지는 모습을 볼 때, 이선은 아비의 꾸중이 두려워 눈을 감거나 고개를 돌릴 수 없었다.

이금은 아들을 길게 만나지 않았다. 귀를 다 씻자 이선은 거소로 돌아왔다. 일 없이 왕래한 이선을 보고 혜경궁은 들릴 듯 말 듯한 목소리로 임금을 원망했다.

"좋지 않은 일이 있을 때만 저하를 부르시니⋯⋯"

이금은 임금의 방식대로 미움을 풀었으니, 세자는 세자의 방식대로 미움을 풀어야 할 것이었다. 그러나 왕은 세자에게 미움을 풀 수 있었으나 세자는 왕에게 미움을 풀지 못했다. 세자는 오직 시간만 가졌다. 세자의 시간은 왕의 시간보다 길었으므로 세자는 그저 버텨 미움이 끝나기만을 기다릴 뿐이었다.

다음 날도, 그다음 날도 이금은 사납게 대신들을 죽였다. 갑옷을 입고 형장에 나서 죄인의 머리를 잘라 깃대에 꿰어 백관들 앞에 조리돌렸다. 임금의 천함이 드러날 수 있는 문서를 골라 불태우고 임금의 천함을 말하려는 자들의 입을 찢었다. 그래도 임금의 불안은 가시지 않았다.

몇 해가 지나 처마에 고드름이 열리던 때, 이금은 대비와 충돌했다. 중전의 환갑잔치가 발단이었다. 중전의 환갑이 가까워지던 때, 이금은 내인 문소원을 품었다. 이금은 이선을 낳기 전 아들을 낳았다가 어린 나이에 잃었는데, 그 아들은 죽기 전에 혼인하여 세자빈이 있었다. 문소원은 죽은 아들의 며느리를 모시던 궁인이었다. 세자빈 조씨가 죽어 빈전을 찾은 이금은 그곳에 있던 문소원을 보고 승은을 내렸고 문소원은 곧장 아이를 뺐다. 이를 지켜본 궁궐 안 몇몇 이들에게는 죽음이 부르는 생이 묘하면서도 불길했다.

영빈이 중전의 환갑잔치를 물으러 왔을 때 이금은 아랫목에 배가 부른 문소원을 앉혀놓고 있었다.

"중전의 회갑이 목전인데 전하께서 아무 말씀이 없으시니 준비를 못하고 있사옵니다."

이금은 묵묵히 수염을 어루만졌다. 영빈은 임금의 침묵을 침묵으로 받았다. 임금의 침묵을 말로 받으면 이금은 시끄럽다는 듯 물러가기를 명하면 그만이었다. 영빈에게는 겨우 한 마디가 남아 있을 뿐이었으나 중전의 환갑은 명분이 분명해 침묵으로 버티자면 버틸 일이었다. 중전의 환갑잔치가 열리면 이금은 소박 놓은 처를 만나 축하하는 시늉이라도 해야 할 터였다. 이금은 마뜩잖았으나 영빈을 물리칠 말이 없었다.

침묵이 길어지자 입을 연 건 문소원이었다.

"마마, 전하께서 하교가 없으실 때는 그만한 이유가 있지 않겠습니까."

영빈의 가슴에 불이 일었다.

"전하, 어찌하오리까."

문소원이 계속 말했다.

"마마, 가뜩이나 격무에 시달리시는데 우리 후궁들까지 나서서 그런 일로 전하를 힘들게 해서야 되겠습니까."

"문소원 자네……"

이금은 손을 내저었다.

"시끄럽다. 다들 물러나라."

영빈은 일어날 수밖에 없었다.

세자의 친모를 젊은 내인이 능멸했다는 소문은 금방 돌았다. 대비는 문소원을 불러 직접 회초리로 종아리를 쳤다. 문소원은 한 손으로 배를 움켜쥐고 다른 한 손으로는 치마를 걷어 올려 매를 맞았다. 죄가 있다 한들 임금의 씨를 밴 몸에 매를 대기는 드문 일이었다. 늙은 대비의 회초리는 아프지 않았다. 대비는 회초리로 임금의 권세를 두드리고 있었다.

이금은 가만있지 않았다. 이금은 직접 대비전을 찾아 대비와 맞섰다.

"대비가 후궁을 모질게 다룬다 들어 내 따지러 왔습니다."

"주상이 아무리 중전에게 정이 없다 하나 낼모레가 중전의 환갑인데 아무런 하교가 없으니 그게 주상의 뜻이오, 문소원 저것의 뜻이오? 중전의 환갑을 챙기자는 영빈의 뜻이 얼마나 아름답소? 저것이 같은 후궁의 처지로 그 마음을 배우지는 못할망정 방자하게도 영빈에게 대들었다기에 내가 내명부의 법도를 세웠소."

"……대비께서 이러시면 저는 더 이상 임금 노릇 못합니다."

"뭐요? 저 천한 것 배 속에 주상의 씨가 들었다 하여 지금 역성드는 거요?"

임금의 입에서 침이 튀었다.

"천해요? 그럼 천한 저를 임금으로 만든 분이 대비시니, 이참에 제 임금 자리를 거두십시오. 세자에게 보위를 넘길 테니 윤허하세요!"

"그래요? 그럽시다! 윤허하오."

이금은 그날로 선위의 뜻을 내렸다. 이금은 붉은 임금의 옷을 벗고 푸른 옷을 입고는 임금의 자리를 내차고 문소원과 함께 별궁으로 거처를 옮겼다.

왕실의 부딪침이 패어놓은 왕권의 상흔을 채우는 건 임금에 가까우나 도달하지는 않은 세자의 몫이었다. 이선은 비어 있는 임금의 왕상을 바라보고 대죄했다. 죄를 지었으나 죄목이 없고, 용서를 구하나 받을 이가 없는 이선의 몸 위로 눈이 수북이 쌓였다. 대비는 이길 수 없는 싸움을 벌이고 있음을 금방 알아챘다. 선위를 윤허한 것은 자신이니 세자가 겪는 고충과 임금의 칩거로 마비된 국정의 책임은 오롯이 대비의 몫이었다. 나라와 왕실이 짓뭉개질수록 오판의 당사자인 대비의 권위는 땅으로 떨어질 터였다. 그렇다고 윤허를 거두면 임금과의 줄다리기에서 스스로 줄을 놓아버리는 격이니, 시간이 흐를수록 불리한 건 대비였다.

솜옷도 막지 못한 추위로 이선의 몸이 얼고 얼어 손가락과 발가락, 귀 끝에 벌겋게 동상이 들어갈 때쯤, 중전과 혜경궁은 대비전에 나아가 세자의 목숨을 살려달라며 대비에게 빌었다. 대비는 임금의 자리를 빌미로 궁궐을 흔드는 왕의 버릇을 고치겠다며 버텼다. 버티다가도 대비는 내관에게 날씨를 물었다. 눈이 오면 얼마나 오는지, 인정전 앞뜰에 얼마나 쌓였는지 걱정했다. 내관은 울며 엎드린 자의 의복이 눈에 덮여 보이지 않을 지경이라고 아뢰었다. 주상의 심술은 날씨도 부리나 보다…… 대비는 혼잣말을 중얼거리고 도승지를 불러 선위의 윤허를 거두었다. 나이를 먹어 귀가 어두워 임금의 말을 잘못 알아들었다는 이유였다.

이금이 돌아오는 사이 중전의 환갑은 지나갔다. 이선은 눈 속에 열사흘을 있었다. 동궁전으로 돌아온 뒤 언 몸은 탈이 나 이선은 길게 와병했다.

대비를 꺾고 중전을 물리친 이금은 문소원에게 벼슬을 내렸다. 품계로는 정사품의 높은 자리였다. 불만을 품은 승지 하나가 문소원의 책봉 교지에 왕의 도장을 찍으라는 명을 받지 않았다. 이금은 태연히 다른 승지를 불러 어보를 찍게 했다.

그사이 문소원은 무사히 출산했다. 임금의 눈을 꼭 닮은 옹주였다. 이선을 따르는 세도가들은 이금이 총애하는 후궁이 사내아이를 출산하지 않음을 다행으로 여겼고, 어떤 이들은 아쉬워 남몰래 침을 삼켰다. 대비는 이선이 찾아와 투정을 부려도 예전처럼 받아주지 않았다. 대비는 윤허를 거둔 이후로 간혹 소리가 안 들린다고 하소연했는데, 정말 들리지 않는 것인지 들리지 않는 시늉을 하는 것인지 알 도리가 없었다. 귀가 어두워진 대비 앞에 왕실의 일을 아뢰던 이들도 사라졌다. 대비는 챙기고 살피는 일이 줄어, 종국에는 스스로의 법도만을 지켰다. 다섯 해 후 대비는 나이 들어 죽었다.

누에

서울의 남산은 누에의 머리를 닮아 있었다. 잠두봉蠶頭峰이라는 이름은 그래서 붙었다. 누에머리 주변에는 뽕잎이 많아야 한다고 하여 뽕이 심어졌다. 임금들은 백성들이 누에 키우는 것을 반겼다. 글 읽는 자들은 누에를 천충天蟲이라 불렀다. 뽕나무는 태양을 상징했는데 누에가 먹는 것이 뽕잎이니 누에는 하늘의 벌레였다.

하늘의 벌레는 땅에 있었다. 백성들은 누에를 키워 실을 뽑아 옷을 짓거나 고치를 팔아 살림에 보탰다. 누에치기는 손이 많이 가는 작업이었다. 누에를 치는 것은 주로 부녀자와 아이들의 몫이었다. 성충으로 자란 누에는 뽕잎을 쉴 새 없이 먹어치워 한창 누에가 자랄 때 아이들은 잠을 자지 못하고 뽕잎을 날랐다. 민간의 잠실에서는 셀 수 없이 많은 누에가 뽕잎을 먹고 똥을 싸며 실을 토해 고치를 맺었다. 누에를 치는 사람들은 누에의 먹성에 질리면서도 자라나는 누에를 보며 마음을 놓았다. 누에는 식욕만큼 자라 희고 굵게 변했다. 누에의 몸은 연하고 부드러웠다.

조선의 왕은 매년 경칩 뒤에 농사를 관장하는 신에게 제사 지내는 제단으로 나아가 하늘에 빌고 풍년을 기원하며 친경親耕을 했다. 왕이 농사지을 때 왕비는 누에를 치고 기르는 친잠親蠶을 했다.

병든 중전은 출궁을 고집했다. 쌀쌀한 초봄이었다. 목적지까지는 반나절 길이었으나 어의는 중전이 찬바람 쏘이는 것을 경계했다. 한양에는 누에를 치는 잠실이 두 군데였다. 궁궐 안 후원에도 뽕나무가 있어 경복궁과 창경궁에는 내잠실이라 불리는 누에치는 곳이 있었다. 중전은 누에 보는 것을 좋아했는데 내잠실에는 누에가 몇 없어 성에 차지 않았다.

출궁한다는 중전의 뜻은 어의와 내인 몇을 제외하면 호응도 반대도 없었다. 내관들은 치러야 할 일을 치르듯 중전의 의관과 행렬을 준비했다. 누에를 치는 중전을 수행하는 사람들은 혜경궁을 비롯하여 내외명부의 여자들이었다. 내명부는 일품 이상, 외명부는 당상관 이상의 부인들이 선발되었다. 이금은 동행하지 않았다.

중전은 친잠을 하기 전에 제사를 지냈다. 누에의 신인 선잠先蠶에게 올리는 제사였다. 선잠제는 경복궁에서 열렸다. 전사관이 축판을 올리고, 향로와 향합을 촛불과 함께 신위 앞에 두고 제기를 법식대로 차렸다. 인도를 받은 일행이 겹줄로 북향하자 예복을 갖춘 중전이 손을 씻고 나와 네 번 절했다. 상궁이 향로를 받들어 올리고 중전은 세 번 향을 올렸다. 대축이 축문을 읽었다. 축문 읽기를 마치자 중전과 수행자들은 네 번 절했다. 중전은 길게 절하고 길게 엎드렸다.

중전은 혜경궁에게 다가가 말했다.

"이리 나오지 좋지 않더냐. 여자들끼리 나들이 가듯 궁궐을 나서니 내 기분도 산뜻하다."

"마마의 기쁨이 빈의 기쁨과 같사옵니다."

중전의 행렬은 느리고 조용했다. 바깥바람을 맞은 중전은 앓거나 기침하지 않았다. 격식을 갖춘 행렬은 웅장했으나 상여를 짊어진 듯 고요했다. 행차를 지켜보는 백성들은 엎드릴 뿐 손가락질하거나 말하지 않았다. 흔들리는 가마 안에서 중전은 무덤으로 들어가는 꿈을 꾸었다.

뽕을 따는 장소는 중전의 친잠을 위해 임시로 만들어진 곳이었다. 중전이 뽕을 따고 누에를 치기 위해서는 광주리, 갈고리, 시렁, 채반이 필요했다. 중전이 딴 뽕을 담기 위한 도구인 광주리는 대나무를 쪼개어 엮어 만들었다. 지팡이 모양의 갈고리는 기다란 뽕나무를 당기기 위한 도구이다. 시렁은 잠판을 놓기 위한 구조물이고, 채반은 대나무로 만들어 누에를 담았다. 누에를 기르는 자들은 시렁 위에 잠판을 놓고 그 위에 다시 잠박을 놓은 후 누에를 놓아 길렀다. 누에를 치는 자들에게 중전의 방문은 번거롭고 성가신 일이었다.

중전은 국의로 갈아입고 단으로 올라가 뽕나무 잎을 딴 후 광주리에 넣었다. 이후에는 수행자들이 채상단 주위에서 뽕잎을 따기 시작했는데 각자가 따야 하는 뽕잎의 수가 정해져 있었다. 중전은 다섯 장을 땄고 일품 이상은 일곱 가지, 그 이하는 아홉 가지를 땄다. 먼저 뽕잎을 다 딴 중전은 수행자들이 뽕잎 따는 모습을 보았다.

중전과 여자들이 딴 뽕잎을 누에가 있는 곳으로 가져갔다. 누에를 지키고 있던 잠모蠶母는 이 뽕잎을 잘게 썰어 누에에게 뿌려주었다. 중전은 누에를 보았다. 갓 부화한 애벌레는 검은빛이었다. 유충은 손톱처럼 작았다. 뽕잎을 뿌리자 유충은 냄새로 뽕잎의 위치를 알아보고 먹었다. 잎의 뒷면부터 남김없이 먹었다. 중전은 저 벌레가 고치로 뭉치고 실을 뿜어 실과 실이 엮여 한 벌의 천과 옷으로 매이는 것이 실감나지 않았다.

"저것의 모양이 개미 같구나."

"누에의 이름이 개미누에이옵니다."

"참으로 작다. 작은 미물이다. 뽕을 먹고 나면 어찌 되느냐."

"오늘 먹이고 내일도 먹이면 누에의 크기가 자라옵니다. 사흘째는 뽕잎을 먹지 않고 움직이지도 않는데 이를 누에가 잠을 자는 것 같다 하여 첫잠이라 부르옵니다. 알이 되고 첫잠까지를 일령이라 부르온데, 이렇게 다섯 령을 거치며 누에가 자라옵니다. 다섯 령이 지나면 누에는 고치가 되어 비로소 실을 토하옵니다. 령에 따라 이름도 제각기라 이렇듯 검은 털을 벗지 못한 새끼는 의자, 늙은 것은 홍잠이라 부르며 번데기는 용, 다 큰 것을 아, 고치는 견, 누에의 똥은 잠사라 칭하옵니다."

"미물도 과정을 겪어 자라는가. 령을 거치며 누에가 죽는 일이 흔하겠어."

"저 미약한 것이 어찌 죽지 않겠사옵니까. 누에는 잠실이 냉해도 죽고 습해도 죽사옵니다. 미물의 춥고 습함을 알아볼 수 없는 것은 소인의 태만이옵니다. 또한 누에를 살려도 끝끝내 누에가 허물을 벗지 못하면 무용지물이니 양잠은 마음을 놓을 수 없는 일이옵니다."

"누에가 소처럼 크고 말처럼 자라도 그들의 어려움을 헤아리기가 쉽겠느냐. 사람이 사람을 대함에도 그 어려움을 알아보지 못할 때가 많다. 공의 수고는 크다."

중전은 혜경궁을 불러 말했다.

"내 궁에서 누에를 자주 대하여 친잠의 재미를 안다네. 새끼를 기르며 그것이 크고 자라는 모습을 보는 것만 한 재미가 있으리. 누에는 금방 먹고 금방 자라니 그 모습이 아름답지 않겠는가."

혜경궁은 중전의 얼굴을 살폈다. 아름답지 않겠는가…… 중전의 끝마디는 허망하게 흩어졌다. 중전은 새끼를 낳아 길러본 적이 없었다. 중전이 앓는 지병이 아이를 낳지 않은 여자가 겪는 병이라

수군거리는 말도 있었다. 허나 그 허망함은 혜경궁에게도 서늘하게 닿았다. 왕가의 출산은 아이를 길러 키우는 일과는 거리가 멀었다. 벼랑 끝에 선 궁중 안에서 자식은 내 손에 쥘 수 없으나 바라봐야 하는 끈이었다. 그 끈도 언젠간 눈앞에서 멀어지겠지. 그러면 언젠가는 나도 저렇게 검버섯이 핀 얼굴로 봄 햇살을 맞으며 장난 같은 농사일을 해보다가 누에의 모습을 보고 누에처럼 꿈틀꿈틀 허망해하리라.

"친잠하여 벼가 여물고 누에가 자라겠는가. 나는 그 이치는 모르겠네. 빈궁은 그저 마음 붙일 곳이 없거든 누에를 치시게. 누에는 먹이면 먹이는 대로 자라 몸집이 커지면 뽕잎을 갉는 소리가 빗소리처럼 거세다네. 미물이 뽕잎을 갉는 소리가 어찌 좋을까마는, 나는 그 소리가 좋다네. 그 소리가 좋아……"

혜경궁의 마음을 읽었는지 중전은 웅얼웅얼 말을 이었다. 공허함이 완전히 자신을 감싸기 전에 혜경궁은 대화를 닫았다.

"중전께서 친잠의 재미를 아시니 이 나라 농경이 풍성하겠나이다."

친잠 행사는 길지 않았다. 중전은 누에를 먹이듯 음식을 내려

누에치는 자들을 먹였다. 중전은 거의 먹지 않았다. 중전은 내내
누에를 살폈다. 누에들은 지치지 않고 꿈틀거렸다. 중전은 날이 저
물 때까지 잠실에 머물렀다.

광증

狂症

이금은 스스로의 복장에도 엄격했거니와 남의 복장도 단단히 따졌다. 임금을 가까이 모시는 내관들은 어전에 들기 전 의관을 정제하면서 한 식경도 짧아했다. 궁중의 복장은 까다롭고 복잡해 트집을 잡으려 들면 흠이 보였다. 제례에 나설 때 입는 면복은 말할 것도 없고, 집무를 볼 때 입는 상복常服이나 융복, 편복 따위는 세세히 보면 장삼아가 어색하고 단삼아는 꼼꼼하지 않았다. 이금은 자세히 보지 않아도 모자람을 알아챘다.

이선은 옷차림 때문에 아비에게 여러 차례 혼이 났는데 중전이 죽던 때도 그러했다. 매섭고 마른 겨울이 지나갈 때, 중전은 대비보다 한 달 먼저 죽었다. 이선은 죽어가는 중전의 문안을 가서 울었다. 중전의 병은 숙환이었다. 죽은 중전의 손톱은 파란색이었다. 이금은 중전이 죽어갈 때도 발걸음을 하지 않았다. 중전의 병세가 깊어질 즈음 이선의 매형 중 한 명이 위독했다. 이선의 누이들은 대부분 혼인하여 궐 밖의 남편 집에 살았는데, 이금은 궐 밖으로 나가 딸의 집을 직접 찾아 병색을 살피고 위로했다.

이금은 중전의 죽음이 목전에 왔을 때가 되어서야 대조전을 찾았다. 대조전에서도 중전을 살피는 건 제쳐두고 마침 마주친 울고 있는 이선을 꾸짖었다. 너는 모후를 문병하매 원유관은 삐뚤고 강사포는 흐트러졌다. 행전의 모양새는 우스워 지나가는 이가 비웃을 정도다. 그러느니 공복을 입지 뭣하러 갖춰 입었느냐. 한심하고 딱하다……

마음을 털어놓던 대비와 중전이 죽고 이선 앞에 버티고 선 이는 이제 이금뿐이었다. 이금 또한 중전만큼 나이 들었으나 그는 잦아드는 불길이 오래 타듯 건강을 유지했다. 이선은 아비가 대비나 중전처럼 죽을 것 같지가 않았다. 이금은 시취를 풍길 때까지 길고 오래 살아남아 권좌를 쥐고 세자를 누를 터였다.

이선은 거처를 버리고 취선당 밧소주방에 자리를 펴고 음식 냄새를 맡으며 기거했다. 세자가 방에 박혀 무엇을 하는지는 내관들도 알지 못했다. 며칠을 그렇게 지나다가 갑자기 궁궐을 몰래 빠져나가 기방에서 마시지 못하는 술을 마셨다. 나인들은 세자의 기행 소식을 옷깃 소리로 나누다가 바람으로 날려 보냈다. 동궁전의 관리들은 언제 떨어질지 모르는 임금의 불호령을 상상하며 이부자리를 땀으로 적셨다. 이선의 나들이 때마다 돈깨나 만지는 몇몇 호사가들만이 세자의 바깥출입을 반가워했다.

소식이 임금에게 닿지 않을 수 없었다. 결국 이금이 아침 문안 시간에 임해 동궁전에 들이닥쳤다. 이선은 귀띔을 받고도 전날 마신 술기운에 젖어 의관을 갖추지 못했다.

"대비마마 돌아가신 걸 핑계로 몇 달째 대리청정도 하지 않고 얼굴은 볼 수조차 없으니 내가 너한테 문안드리러 왔다. 너, 공부는 아예 포기했구나. 그 옷차림은 뭐냐? 탕건은 얻다 말아먹고, 옷고름은 아예 춤을 추는구나. 너 술 마셨지?"

"…… 마셨습니다."

"세자란 작자가 상중에 술이나 퍼먹고. 지난달 함경도 병마절도사가 금주령을 어겨 참수된 것을 모르느냐?"

곁에 있던 상궁이 이선을 거들었다.

"저하는 술을 못 잡숫는 체질이옵니다. 술내가 나는지 맡아보소서."

이선이 상궁을 꾸짖었다.

"내가 마셨노라 이미 아뢰었는데 자네가 감히 다른 말을 하는가. 물러가라!"

이금이 입을 열었다.

"어른 앞에서는 개나 말도 꾸짖지 못하는데 어찌 내앞에서 상궁을 꾸짖느냐."

"감히 변명을 하기에 그리하였습니다."

"귀 씻게 물 가져와라!"

이금은 내관이 가져온 물에 귀를 씻고 대야의 물을 이선에게 뿌렸다.

"내 탓이다. 너 같은 인간을 자식이랍시고 세자로 세운 내가 잘못이다."

이금이 이선을 몰아세우는 동안 주변에서 이선을 거둔 이는 오직 상궁 한 사람뿐이었다. 이금이 물러간 후 이선은 역정을 내며 주변을 꾸짖었다. 꾸짖음은 침묵으로 돌아왔다.

이선은 처소로 돌아가다 우물에 몸을 던졌다. 내관들이 미처 손을 쓸 틈이 없었다. 우물에 물이 얼어 이선의 몸은 얼음에 처박혔다. 내관들은 아우성을 치며 이선을 끌어올렸다. 소식을 들은 사관은 붓을 들어 한 줄을 적었다.

……세자는 낙상하였다.

이금은 밧소주방의 내인을 거제도로 귀양 보냈다. 세자에게 술을 권했다는 죄목이었다. 이선을 모시던 시강원의 관원 몇몇은 벌을 받았다. 이금은 이선을 우물에서 건져냈다는 소식을 듣고, 세자가 스스로 일어날 때까지 치료하지 말라는 명을 내렸다. 그리고 승정원에서 왕실의 기록을 맡은 관리를 불러 자신이 내린 명을 지우도록 했다.

광증은 부지불식간에 일어났다. 이선은 우물에서 떨어지고 며칠 후부터 비슷한 꿈을 연달아 꾸었다. 그것은 우물로 떨어지듯 세상의 끝에서 끝으로 떨어지는 꿈 같기도 했고, 거꾸로 세상이 자신을 향해 쏟아지는 꿈 같기도 했다. 오르고 떨어지는 와중에 이선은 알몸이었다. 자리에서 일어난 이선은 이유 없이 초조하고 불안해 손을 떨었다.

옷이 문제다. 이선은 버럭 성을 냈다. 의복이 땀에 젖어 내인을 불러 옷을 갈아입었다. 갈아입은 옷도 축축하고 끈적거렸다. 이선은 신경질을 내며 다시 옷을 찾았다. 하나같이 마른 옷이 없었다. 이선은 옷을 모두 벗고 몸을 닦았다. 다시 입은 옷에서는 냄새가 났다. 이선은 동궁전 앞뜰에 형구를 갖추고 내인들을 매질했다. 엉덩이가 터진 내인들 얼굴에 옷을 집어던졌다.

"너희가 나를 능멸하는구나. 너희는 썩은 물에 옷을 담가 나를 욕보이려느냐. 주상께서 행여 트집 잡을 게 없으실까 너희를 시켜 옷에 썩은 내를 심어라 시키시더냐."

내인들은 대답할 말이 없어 곡소리를 냈다.

"어명은 두려우나 내 매도 두려울 것이다. 매를 맞으면서 무엇이 더 두려운지 견주어보거라. 힘껏 쳐라."

다음 날 상궁이 이선을 찾아와 내인을 매로 다스린 뜻을 물었다. 상궁이 내민 옷에서는 아무 냄새도 나지 않았다. 이선은 매를 맞은 내인들에게 약값을 챙겨줬다.

"내가 『옥추경』을 읽어 가끔 귀신을 부린다. 어제는 났던 썩은 내가 오늘은 감쪽같이 사라졌으니 귀신의 장난이다. 저 옷을 모두 태우고 재는 궁을 등지고 서서 영산에 뿌려라. 절대 재가 이리로 날아 들어오면 안 된다."

한 무더기의 옷을 태운 후에도 이선은 옷을 입기가 어려웠다. 옷은 팔이 짧거나 어깨가 기울거나 옷감이 튀어나오거나 안감이 허전했다. 의전을 치르는 날이면 이선은 수십 벌이나 옷을 입었다 벗었다. 맞지 않는 옷은 자르거나 태웠다. 끝끝내 옷을 찾지 못하면 수하의 무리를 윽박지르고 때렸다. 그러고도 분기를 누르지 못하면 수라간에 들여놓은 닭을 잡아 죽였다. 한칼이 죽이지 않고 날개나 다리를 치고 몸을 썰고 마지막에 머리를 잘라 조각내 듯 죽였다. 피를 보면 이선은 마음이 조금 진정되어 옷도 그럭저럭 입었다. 한 번 맞는 옷을 입으면 옷이 해지고 바랠 때까지 입었다. 다시 옷을 갈아입을 날이 오면 이선은 칼을 뽑고 궁중을 한바탕 뒤집었다.

이선의 손에 처음 죽은 사람은 김한채였다. 김한채는 궁궐에 기거하며 세자의 시중을 전담하는 세자궁의 장번내관이었다. 그는 세자의 명을 곁에서 받드는 역할을 맡았다. 승언색承言色, 세자궁에 속한 내시은 내관 중에서도 입이 무겁고 진중한 자를 골라 썼는데, 김한채도 그런 인물이었다.

김한채가 칼을 맞던 날, 이선은 난데없이 바깥바람을 쏘이겠다며 융복을 찾았다. 융복은 간신히 입었으나 허리에 두르는 전대가 문제였다. 이선은 전대가 조이거나 헐겁다고 역정을 내며 온갖 전대를 다 꺼내오게 했다. 끝내 성이 차는 전대가 없자 이선은 김한채에게 칼을 뽑았다. 김한채는 죽음을 피할 수 없음을 알고 엎드려 외쳤다.

"저는 살아서 저하의 의복을 차리지 못한 죄인이었으나 이제 제가 죽으면 저하의 광증이 만천하에 알려질 것이니, 사나 죽으나 소인은 죄인이외다."

이선은 김한채의 말을 끝까지 듣고 칼을 휘둘렀다. 사람에게 처음 휘두른 칼이 서툴러 첫 합은 김한채의 어깨를 쳤다. 이선은 칼을 세 번 휘둘러 김한채의 목을 베었다. 김한채는 묵묵히 칼을 받았다.

이선은 김한채를 죽이고 나서야 옷을 입었다. 이선은 이후로 내관 여섯을 더 죽였다. 살인을 말리는 혜경궁에게 물건을 던져 상처를 냈다. 세손과 세손빈을 불러 이유도 없이 꾸짖었다. 비가 오면 몸을 떨고 벼락이 치면 몸을 숨겼다. 웃어야 하면 울고, 울어야 하면 웃었다. 어의는 세자의 병명을 진단하지 못했다.

여행

병이 깊어질수록 이선은 그림을 자주 그렸다. 꽃을 그리고 물을 그리고 개를 그렸다. 형상과 그림은 금방 가까워지지 않았다. 생생한 꽃을 그려도 그림 속 꽃은 시들했고, 물은 독을 품은 듯 불길했다. 개들은 어울리지 못했다. 마음의 병이 그림에 묻어 나왔다. 이선은 울음소리를 내듯 그림을 그렸다.

그는 그림을 그리는 만큼 남의 그림을 찾아보기도 했다. 세자가 그림을 좋아한다는 걸 알고 가끔 그림을 바치는 자들이 있었는데, 그중 한 폭의 그림이 이선의 마음을 사로잡았다. 빨래를 하다 먹을 감는 천한 계집의 그림이었다. 계집은 낡은 무명을 걸치고 물에 얼굴을 담그려던 찰나였다. 얼굴보다 눈에 들어오는 건 계집이 허옇게 드러낸 허벅지였다. 시냇물이 꽤 깊은지 계집은 빨래를 하려고 걷어붙였다고 보기 어려울 만큼 치마를 높이 들어 올리고 있었다. 이선은 빨래를 하는 계집의 다리를 훑어 지나갔을 물 흐름을 상상했다. 선득하게 씻겨나간 계집의 퍼렇게 얼어 있을 허벅지도 떠올렸다. 그 냉기는 피어오르는 욕정과 부딪쳐 묘한 촉감으로 보는 이를 자극했다. 그림을 바친 이는 이 그림을 관서지방에서 구한 것이라 고했다.

관서로 보낸 심복이 돌아와 이선에게 고했다.

"저하께서 보신 그림을 판 자를 찾았나이다."

"그래? 그게 대체 누구더냐?"

"그림을 사고파는 자 중에 김휘연이라는 장사치가 있사온데, 그자가 하는 일이 고을을 돌며 민가에 있는 그림을 푼돈에 사 양반 집안에 비싸게 파는 일이옵니다. 참판이 바친 그림 또한 그렇게 김휘연이 사들여 판 것이옵니다. 하여, 소인이 김휘연을 찾아 물으니 그자의 말로는 그 그림을 절에서 사들였다 하옵니다."

"절에서? 참으로 놀라운 일이다. 그럼 이 그림이 승려가 그린 것이란 말인가."

"하오나 김휘연도 그림을 주지에게 샀을 뿐 그림을 그린 자가
누구인지는 모른다고 하였사옵니다."

"그 절이 어디냐?"

"황해도 북숭산에 있는 해암사라는 절이옵니다. 헌데 소인이 듣
기로 그 절의 소문이 좋지가 않으니……"

"불가의 뜻을 따르는 절이 좋을 게 무엇이고 좋지 않을 게 무엇
이냐."

"불가에도 여러 인류가 있어 성심으로 부처를 섬기는 자도 있으
나, 승복을 입었으나 불법佛法을 거스르는 자도 있다고 들었사옵
니다. 해암사는 겉으로는 중의 형색을 했으나 속은 속인을 버리지
못한 파락호들이 들어선 곳이라 하니 소문이 괴이하옵니다."

겉과 속이 다르다…… 이선은 안과 밖이 마주치지 못한 곳이
어디 해암사뿐일까 싶었다. 고승이 들어찬 기둥 높은 절간이라고
속세가 없지는 않을 것이다. 그런데 해암사라는 곳은 부처 안에
속세가 있고 속세 안에 부처가 있음을 드러내놓고 절을 열었다니
당당하고 떳떳한 곳이었다.

"너는 해암사로 가라. 가서 그림을 그린 자를 찾아라. 내 좋은

날을 잡아 그를 만나러 가리라."

이선은 주위에 일러 관서로 떠날 채비를 갖추라고 전했다. 오가는 데만 열흘이 넘게 걸리는 관서는 주위 술집처럼 하룻밤 놀다 올 수 있는 곳이 아니었다. 이 일이 임금에게 알려지면 한두 명의 목숨으로 일이 그치지 않을 법했다. 그러나 따르지 않으면 당장 돌아올 건 세자의 칼날이었다. 내인들은 스스로의 묘를 파는 심정으로 여행 준비를 했다.

관찰사가 직접 말을 몰아 심한명을 찾아왔을 때도, 그는 세자를 모실 생각이 없었다. 심한명은 평양의 기생집을 쥐락펴락하는, 아는 자들에게만 알려진 세도가였다. 기방은 소문이 빨랐다. 심한명은 궁에서 세자가 어떤 대접을 받고 있는지, 임금과 세자의 관계가 어떤지 옆에서 보듯 알고 있었다. 임금은 고령이었지만 그 권세는 끝날 기세가 보이지 않았다. 세자는 하나밖에 없는 임금의 아들인데도 그 처지가 공고하지 못했다. 기생을 즐기러 평양에 오는 세자의 행렬은 떳떳하지 않았고 숨길 수 없는 방문이었다.

그렇다 해도, 돌아갈 수 없는 길이었다. 심한명에게 관찰사는 자기 체면을 세워달라며 협박 아닌 협박을 했다. 세자는 관기를 즐기지 않아 평양의 관기로는 세자를 보필할 수 없다는 이유였다. 관찰사에게 뇌물을 아무리 먹여도 당장 들어설 세자의 권세를 이길 수는 없었다. 세자를 모시지 않으면 관찰사의 심술은 기방을 무너뜨리고도 남았다. 기방이야 무너지면 그만이었지만 관가의 종으로 묶일 기방의 식솔들이 걱정이었다.

"내가 객주 어른을 찾아온 이유가 그것만은 아니외다."

관찰사는 수염을 연신 쓰다듬었다.

"객주 어른은 가선이라는 계집을 아실 게외다."

심한명은 깜짝 놀라 관찰사를 쳐다보았다. 관찰사는 태연히 말을 이었다.

"세자 저하가 군이 관서를 찾으시는 건, 기생 놀음도 놀음이겠지만 그림 때문이오. 그 계집이 그린 그림이 어찌어찌 동궁전까지 들어갔는데, 저하가 그 그림이 썩 마음에 들어 계집을 찾으시는 모양이오."

"저하께서 얼마나 머무르신다고 하시오?"

심한명의 목소리가 떨렸다.

"낸들 알겠소만 동궁전을 오래 비우실 수가 있겠소? 길어봐야 열사흘일 거외다. 저하가 산골 구석의 절간까지 행차하실 수 있겠

소. 어르신이 잘 말씀하시어 이리로 불러내시오. 저하가 섭섭하게
는 안 하리다."

관찰사가 돌아간 뒤 심한명은 곳간을 활짝 열었다. 심복들을
불러 물건을 팔아 돈으로 바꿔오라고 시켰다. 세자가 돌아가는 즉
시 기방을 폐할 생각이었다. 그리고 무거운 손놀림으로 가선에게
전할 편지를 적었다.

관서로 향하는 무리 중에 궁인은 드물었다. 대부분 도성에서
칼깨나 휘두른다는 무반과 동궁전을 드나들며 그림을 바치던 화
원이 대부분이었다. 기방을 드나들며 사귄 건달패도 몇 명 있었
다. 이선은 오랜 시간을 들여 바지춤이 가벼운 무리를 모았다. 노
정에서 공맹을 입에 올리는 것을 금했지만 굳이 공맹을 논할 자도
없었다. 이들은 시도 때도 없이 농을 지껄이며 쉴 때마다 노상이
라도 술판을 벌였다.

"한양에서 의주까지는 얼마나 먼가."

이선이 길잡이에게 물었다. 길잡이는 이 일로 평양에서 한양까
지 불려온 관찰사의 심복이었다. 그는 말을 잘 다루었고 눈이 밝
았다.

"천 리가 더 될 것이옵니다."

"의주에서 연경까지는 어떠하냐."

"소신은 연경까지는 가본 적이 없사오나, 비단을 나르는 상인들에게 그 길을 들은 적은 있사옵니다. 의주를 넘으면 봉성이온데 그 길이 백오십 리이며 봉성에서 심양으로 나아가면 사백오십 리가 된다 하옵니다. 심양에서 산해관은 팔백 리 길이며, 산해관에서 육백 리를 더 나아가야 연경에 도달하옵니다."

"참으로 먼 길이다. 그 길을 어찌 찾아간단 말이냐."

"먼 길이나 사람이 지나지 않은 길은 아니옵니다. 말발굽에 패고 발에 눌려 길이 지어지니 앞서간 사람이 곧 길이옵니다."

"네 말이 좋다."

궐 안의 길은 문과 문으로 이어졌다. 임금과 신하와 내관과 내인은 각자의 문으로 들어와 각자의 문으로 나갔다. 궐 안의 길은 추호의 의심도 없이 신분에 따라 갈렸다. 이 나라의 신분은 태어남으로 갈리니 궁궐의 길은 이미 나면서 정해진 길이었다. 이선은 사람이 길을 만든다는 말을 실감하지 못했다. 사람이 길을 열어간다는 말은 새로운 말이었다. 세자의 길은 왕가의 길이자 유학의 길이었다. 이선은 길을 따르기보다는 길을 열어가길 바랐다. 북쪽으로 이어지는 길은 끊어질 듯 끊어지지 않고 이어져 강을 피하고 산을 넘어 가늠할 수 없는 너머로 흩어졌다. 사람의 생이 이어져 발걸음이 끊이지 않듯 길 또한 끝이 없으리라, 이선은 생각했다.

이선은 벽제와 파주를 거쳐 임진나루를 건넜다. 나루를 건너며 이선은 시를 지었다. 이선이 읊으면 지필묵을 펼친 수하의 무리가 적었다. 배가 흔들려 글씨가 바르지 않았다.

붉은 누대 있는 봉우리 앞 강물 일렁이고
푸른 숲과 풀은 담박하기 끝이 없어라
물길을 따라 곧장 형문으로 가고자 하나
천 리 밖 형문은 날로 아득하기만 하여라

시를 다 적기 전에 배는 건너편에 도달했다. 강을 건너면 평양까지는 넉넉히 움직여도 사나흘이었다. 평양에 도달한 다음 날 이선은 가선을 만났다.

이선은 처음 만난 가선에게 초상화를 그리라고 했다. 가선이 기생 출신의 비구니라는 이야기를 듣고도 이선은 별로 놀라지 않았다.

"그 그림은 불자가 그릴 그림이 아니지."

그는 가선이 속세와 불가를 넘나드는 이라며 반기는 눈치였다. 이선은 가선의 복잡한 사연을 굳이 묻지 않았고, 가선이 그림을 그리는 동안 술을 마셨다. 거듭 술을 들이켜는 모습을 본 별감들은 간혹 이선의 과음을 말리기도 했다.

"그만 따라라. 술을 못 잡숫는 체질이시다."

"따르라."

"그러다 몸이라도 상하시면……"

이선은 기생이 들고 있던 술병을 낚아챘다.

"너의 눈엔 이게 술로 보이는가?! 내가 죽인 할머니의 피눈물이다."

이선은 술을 들이켰다.

"너는 어찌하여 나를 따르느냐."

"저는 저하 말고는 돌아갈 곳이 없사옵니다."

"너도 그러하냐…… 나도 돌아갈 곳이 없다."

"저하가 취기를 부르시니 저희도 따르겠사옵니다."

별감은 술잔을 높이 들었다.

"술잔을 들어라! 오늘 이 자리에서 취하지 않는 자, 돌아가지 못하리……"

덮이고 덮인 취기가 혈기를 누르는 날, 이선은 죽은 대비와 중전의 넋을 바라고 제를 올렸다. 이선 앞에서 가선은 노래를 불렀다.

"어머님 전 살을 빌고 아버님 전 뼈를 받고 일곱 칠성님 전에 명을 받고 제석님 전에 복을 빌어 석 달 만에 피를 모으고 여섯 달 만에 육신이 생겨 열달십삭 고이 채워 이내 육신이 탄생을 허니, 그 부모가 우릴 길러낼 제 어떤 공력 들였을까. 오뉴월이라 단야밤에 모기빈대 각다귀 뜯을세라 곤곤하신 잠을 못다 주무시고 떨어진 세살부채를 손에 들고 웬갖 시름을 다 던지시고…… 금자동아 은자동아……"

머리를 깎고 승복을 입어도 기방의 음률은 남아 있었다. 이선은 가선이 자신이 베어 죽인 침방나인 빙애를 닮았다고 생각했다. 빙애 역시 다른 나인들처럼 이선의 옷을 입혀주다 죽었다. 이선과 빙애 사이에는 자식까지 있었다. 그럼에도 광증이 오르면 이선은 세상이 붉어져 지천을 구분하지 못했는데, 칼을 휘두르면 칼이 제

갈 길을 아는지 사람의 몸에 어김없이 떨어졌다. 아들이 아비가 지어미를 죽였다는 소식을 언제 들었는지 이선은 알지 못했다. 아비가 어미를 죽이고도 아비로서 온전히 남아 있었으나 궁궐의 시간은 떳떳하게 흘러갔다. 이선은 죄책감을 느끼지 않았다. 궁에서 권세를 쥔 자는 죄가 없었다. 치러야 할 죗값은 엉뚱한 곳에 떨어져 사람을 고문하거나 죽였다.

이선은 그날로 가선을 취했다. 잠자리에서 이선은 가선을 끌어안고 속삭였다.

"나는 한양으로 돌아가 법당을 차리고 혼령을 모실 일이 있다. 네 기구한 팔자를 들어보니 너는 이승의 삶에 연연할 계집이 아니다. 이참에 나와 함께 가서 아예 저승의 길을 열고 귀신과 어우러지는 삶을 살자. 내가 너를 단단히 거두리라."

가선은 또 한 번의 운명이 굽이쳐 들어오는 것을 느꼈다. 우연히 그린 그림 한 폭으로 세자의 품에까지 들게 되었으니, 불자로 남을 수 없는 몸이고 끼였다. 누르지 못한 기운은 늘 불길하게 매듭지어졌다. 가선은 감추어야 살아갈 수 있음을 오래전에 깨달았으나, 머리를 깎고 승복을 걸치고 불경을 외워도 숨겨지지 않은 것들이 있었다. 심한명은 오래전부터 가선의 재주를 알고 가선

을 아끼고 숨겨왔다. 덕분에 아찔하게 버티고 버텨왔으나 이 파도
는 아마 넘을 수 없으리라. 넘지 못한다면 물결로 흩어져 쓸려가
리라. 가선은 넘을 수 없다면 차라리 산산이 부서지리라 각오했다.
이선은 그날 밤 차가움과 뜨거움이 섞인 살결의 감촉을 깊이 느
꼈다.

무리는 매일을 거나하게 먹고 마셨다. 취하는 날이면 이선의 땅
과 하늘이 뒤섞였다. 이선의 길은 하늘과 땅 중 어디에서도 찾을
수 없었다. 나의 길은 대비와 중전이 사는 귀신의 나라에 있다, 이
선이 주정하자 무리는 귀신 흉내를 내며 이선의 말을 받았다. 이
선은 그들이 내는 귀곡성이 우스워 웃다가 처연해 울었다. 이선은
술이 깨면 마셨고 마시면 취했다. 술판이 벌어질 때마다 기생을
번갈아가며 취했는데, 무리는 세자가 취했던 기생을 품는 것에 거
리낌이 없었다.

이선은 평양에서 열흘을 머물렀다. 과로한 관찰사는 이선이 돌
아간 후 피를 쏟았다. 세자는 다섯 명의 기생과 가선을 데리고 한
양으로 돌아갔다. 이선이 떠난 후 평양에는 세자가 제정신이 아니
라는 소문이 돌았다. 심한명은 바꾼 돈을 기생과 종들에게 나누
어주고 제 갈 길을 가게 한 뒤 기방을 닫았다. 그리고 스스로 길

을 나섰다. 심한명은 세자가 가선을 오래 데리고 있지는 않을 거라 생각했다. 한양에서 기다리면 동궁전을 나온 가선을 만날 수 있을지도 몰랐다.

무덤

중전은 비워둘 수 없는 자리였다. 중전의 삼년상이 끝나고 이금은 신하의 청을 받아들여 중전을 들이기 위한 처녀를 골랐다. 그 자리에는 고르고 고른 세 명의 처녀가 올라왔다. 임금이 구분할 수 있도록 처녀들 앞에는 아비의 이름이 수놓인 방석이 놓였는데, 호조참판의 형인 김한구의 딸만이 방석 위에 앉지 않았다.

"너는 어찌하여 아버지 이름을 수놓은 방석을 깔고 앉지 않느냐?"

"딸이 어찌 아버지를 깔고 앉겠사옵니까."

"네 말이 아름답다. 그럼 묻겠다. 고개 중에는 어떤 고개가 제일 넘기 힘이 드는고?"

한 규수가 답했다.

"대관령고개이옵니다."

다른 규수는 말했다.

"추풍령고개이옵니다."

김한구의 딸이 말했다.

"보릿고개이옵니다."

"꽃 중에서 무슨 꽃이 제일인고?"

규수들은 목련과 연꽃을 말했으나 김한구의 딸은 목화꽃을 말했다.

이금은 저도 모르게 웃었다. 김한구는 몰락한 양반 출신이었다. 충청도 산골에 박혀 지내다 가마를 빌려 타고 서울로 올라오던 중 노자가 떨어져 돈과 옷을 빌려 상경하며 고생했다는 자였다. 저 아이가 보릿고개와 목화를 아는구나. 주림을 알고 배부름을 아는구나. 제 살을 덮어 추위를 막는 옷감의 귀함을 아는구나.

"마지막으로 묻겠다. 세상에서 가장 깊은 것은 무엇이냐."

"산이 깊사옵니다."

"물이 깊사옵니다."

"……사람의 마음이옵니다."

이금은 김한구의 딸을 계비로 삼았다. 계비의 나이는 열다섯이어서 이금과는 쉰한 살 차이였다. 늙은 임금이 새 중전을 맞아 늦은 신혼 재미를 맛보는 동안 이선의 아들 이산은 세손으로 책봉되어 혼례를 할 나이까지 자랐다. 세손은 머리가 맑고 총명하며 행동이 비상하여 임금을 기쁘게 했다. 왕실에는 모처럼 화색이 돌았지만 중앙에 서 있는 임금과 세자의 관계는 나아질 기미가 보이지 않았다. 서로 워낙 만나지 않고 소식이 뜸하니 미워하는 마음도 시들해질까 하던 차에, 세자의 비행을 알리는 상소는 이금의 묵은 감정을 다시 날카롭게 세웠다.

……천 리를 갔다가 돌아오면서도 임금과 중전을 뵙고 예를 올리지 않으며, 새벽부터 밤늦게까지 말을 타고 달리는 혈기는 있으나 궁에만 들어오면 앓고 눕고 국사를 돌보지 않으니 사람들은 모두 저하의 뉘우침과 깨달음이 미진하다고 의심을 합니다……

상소는 근처가 아닌 천 리 길을 나가 놀다 왔는데 정작 왕실의

어른인 임금과 중전에게는 인사 한 번 하지 않는다고 고하는 내용
이었다. 왕실의 이야기가 조롱거리가 되고 있다…… 그동안 쌓인
감정은 격하게 타올랐다. 이금은 감정을 내뿜기보다는 마음 깊이
눌러 정리하고 세자를 직접 칠 수 있는 말로 벼렸다. 임금은 하루
를 그렇게 보냈다. 그동안 수도 없이 세자를 치고 또 쳤으나 이번
의 칼날은 그저 훑고 지나갈 수 없는 칼날이었다. 만약 이 칼로
세자를 치지 않는다면 이는 거꾸로 이금의 심장을 찌르고 말 터
였다.

다음 날, 이금은 우선 승지를 불러 승정원일기를 가져오라 명
했다.

"말할 것이 있으면 말하라."

승지가 말했다.

"대단히 아뢸 것이 없사옵니다."

"내 들은 말이 있다. 승지는 거짓을 말하지 말라."

"만약 보실 만한 글이면 전하께서 반드시 이미 보셨을 것이요,
보시지 않은 것은 전하께서 보실 필요가 없기 때문입니다."

"일기를 내라. 내 직접 보리라."

이금은 승정원일기에 적힌 이선의 평양 나들이를 읽었다. 그날

로 승지들이 벼슬을 잃고 내시들은 처벌을 받았다. 무심결에 읽었다면 상소를 받지 않았어도 알았을 일이었다. 세자 또한 그 사실을 모르지 않을 것이니, 그는 보란 듯이 세자의 일을 팽개치고 천리 밖으로 놀러 갔다 온 셈이었다. 그렇다면 세자는 임금을 두려워하지 않거나 소문처럼 미쳤을 수밖에 없었다. 임금을 두려워하지 않는 자가 거리를 뒹구는 아무개라면 잡아 죽이면 그만이다. 그러나 세자는 임금이 될 자였다. 임금을 두려워하지 않는 자가 임금이 되면 임금의 자리는 지나가는 개도 비웃는 자리가 된다. 이금은 하늘을 우러러 길게 탄식했다. 절망의 끝에는 세손의 얼굴이 있었다.

"세손을 불러라. 종사는 이제 세손에게 달렸다."

이금은 말을 가리지 않았다. 내관의 귀에 들어간 종사라는 말은 궁중으로 무겁게 번졌다. 세자가 살아 있으나 종사는 세손에게 달렸다면 세자의 생은 반역의 길로 들어선 것과 다르지 않았다. 신료들은 자리를 펴고 임금의 말이 닿을 곳을 짚으려 머리를 모았으나 임금과 세자와 세손의 길은 종잡을 수 없었다. 임금이 세자가 아닌 세손의 편을 든다면 세자를 없애는 일은 신료의 몫이었다. 그러나 세자는 세손의 아버지였으므로 당장 세자를 없애 임금의 화를 면하더라도 끝내 세손이 왕좌에 오르면 신료들은 왕의 아버지를 몰아낸 천인공노의 무리가 되었다.

임금이 벼리고 벼린 칼날은 무디지 않았다. 며칠을 두고 정승 세 명은 잇달아 목을 매거나 몸을 던져 죽었다.

이금은 정승들의 죽음을 듣고도 동요하지 않았다. 이금은 이산을 앉혀놓고 문답했다. 세손에 대한 믿음을 확인해보기 위함이었다.

"신하가 많아야 좋은 정치를 행할 수 있는 것이냐?"

"신하가 적어도 임금이 훌륭하면 할 수 있사옵니다."

"아녀자도 정치를 도울 수 있느냐?"

"현명하면 할 수 있사옵니다."

"어진 이를 불러오는 게 쉽겠느냐?"

"임금이 몸소 덕을 베풀면서 부르면 쉬울 것이옵니다."

이금은 웃었다. 끝이 쓸쓸한 웃음이었다.

"채 열 살도 안 된 아이의 견해가 이 정도 되기는 참으로 어렵도다. 요 임금과 순 임금의 덕은 하늘처럼 높은데 미칠 수 있겠느냐?"

"비록 높다 해도 힘써 행하면 이룰 수 있사옵니다."

"삼백 년 종사의 명맥이 오직 세손에게 달렸도다. 어찌 그런 애비에게서 이런 자식이 나왔단 말인가. 우리 삼대에게는 부전자전이란 말이 다 헛소리구나…… 세손은 숙종대왕을 어떤 분으로 알고 있느냐."

"제 증조부가 되시는 어른은 조선 역사상 가장 긴 마흔여섯 해 동안 보위에 계셨던 임금이십니다. 할바마마께서는 더 오래하셔야 합니다."

"어찌 그러한고?"

"그것이 왕가의 효도라 배웠사옵니다."

"왕이 무엇이냐…… 신하가 무엇이냐."

이금은 이산의 얼굴을 바라보았다. 티 없이 맑은 얼굴이었다. 세자 또한 저 얼굴이었던 때가 있었다. 세손의 얼굴에 세자가 겹쳐 보이는 것은 이금의 마음을 서늘하게 했다. 저 얼굴의 뒤쪽 어딘가에 혹시 광증이 돋아나지는 않을지.

"이 할애비는 길게 옥좌를 지켰지만, 이젠 왕이 무엇인지 신하가 무엇인지 잘 모르겠다. 왕이라고 늘 칼자루 쥐는 것도 아니고, 신하라고 늘 칼끝을 쥐는 것도 아니다. 공부 열심히 해라, 실력 모자라면 왕이라도 칼끝 쥔다."

"······명심하겠사옵니다."

이금은 세손을 돌려보내고 신하들을 불러보았다.

굴속은 저승의 공간이었다. 미약한 달빛이 하늘거리자 어둠은 굴 안으로 깊이 들어찼다. 반쪽 달이 완전히 떠올라 서늘한 빛을 사방에 뿌릴 때, 혜경궁과 영빈은 밤을 뚫고 이선의 굴로 들어갔다. 궁궐의 분위기가 심상치 않자 내관을 다그쳐 굴까지 직접 찾아온 여인들이었다. 향불 냄새가 자욱한 가운데 휘황한 천이 좌우로 드리워져 있었고, 병장기를 든 별감 몇몇이 조는 듯 깨어 파수를 보았다.

새어머니인 계비가 들어왔지만 이선은 병을 빌미로 중전에게 인사하러 가지 않았다. 그렇다고 임금을 보러 가지도 않았다. 국사를 돌보는 것도 아니었다. 혜경궁이나 세손 역시 이선의 모습을 보기 어려웠다. 평양에 다녀온 후로 이선은 가선을 붙들고 그림을 그리거나 술 몇 잔에 취해 누워 있는 게 일상이었다.

궁중 후원에 굴을 파도록 한 건 이선이었다. 아예 궐 밖에 거처를 마련할 생각이었다. 굴 안에는 방을 만들었다. 세 칸의 방 사이에는 장지문을 달았다. 떼가 입혀진 굴은 밖에서 보기에 사람이 사는 곳 같지 않았다. 그 모양은 이름 없는 이를 조용히 묻는 평토장平土葬을 닮아 있었다. 이선은 굴 앞에 다홍으로 명정을 세웠다. 죽은 사람의 이름을 적는 깃발이었다. 이선은 방 한 칸에 관을 짜 그 안에 누워 잠을 잤다. 다른 한 칸에는 온갖 병장기와 형구들을 끌어 모아 감췄다.

이선은 귀신의 세계로 떠나고자 하면서도 세자의 위엄 역시 지키고 싶어 했다. 그를 지독하게 병들게 했던 세자의 자리였으나 완전히 돌아서기는 또 무서웠다. 많은 사람을 죽인 탓에 그에게 원한을 품고 있는 자가 적지 않았다. 무엇보다 세자를 떠나는 순간 자신을 가장 먼저 죽이려 들 이는 임금이었다. 살 길은 세자 자리에 있었지만 세자 자리로 돌아가면 죽음이 자신을 옥죄었다.

막힌 길을 뚫어줄 이들은 모두 죽어 없었다. 이선은 반귀신이되어 죽은 이를 만나고자 했다. 벽에 대비와 중전의 초상화를 붙이고 박수를 불러 굿을 했다. 박수들은 궁 안으로 은밀히 들어왔다. 계룡산에서 신령깨나 부린다는 자들이었다. 박수들은 세자를 보고도 별다른 예를 갖추지 않았고, 별감들은 박수들을 꾸짖지 않았다. 박수들 중에는 가선 또한 끼어 있었다.

소경박수가 망자해원경을 독경하면 가선이 바라춤을 추었다.

"삼산반락 청전에 거래하던 호산귀야 야반락선도개선 왕래하
던 직사귀야 촉수멸망이면 억만 년을 불출세상 하리라. 옴 급급여
률령 사바하 대왕대비 대비 옴 급급여률령 사바하 대왕대비 대비
옴 급급여률령 사바하 대왕대비 대비…… 계수관음 대비주 원력
홍심 상호신 속령만족 제희구 영사멸제 제죄업 나무사만다 못다
남 도로도로지미사바하 왕생극락 왕생극락…… 저 혼령 가련하
다. 천음우습 구진 날에 홀로 앉아 탄식할 제 두견성이 서럽다. 젊
은 청춘 내 몸 가련히도 되었구나…… 하루 이틀 한 달 두 달 아
이였던 이 내 신세 어쩔고나……"

굿판을 지켜보던 영빈이 별감을 꾸짖어 독경 소리를 그치게 하
고 물었다.

"세자는 어디 계시냐."

영빈의 목소리를 들은 이선이 관 뚜껑이 벌컥 열고 일어났다.
관에서 사람이 나오자 영빈과 혜경궁은 소스라치게 놀랐다.

"아이고, 우리 어머니…… 새파랗게 어린 중전 모시기가 얼마나
아니꼬웠으면 여기까지 오셨을꼬……"

이선 역시 문안 문제 때문에 궁궐이 시끄럽다는 것은 알고 있
었다. 지금은 임금보다 중전에게 문안을 가지 않은 것이 큰 문제였

다. 중전을 떠받들며 새롭게 실세로 등장한 외척들이 중전을 인정하지 않는 세자를 가만둘 리 없었다. 셈이 빠른 자들 중에는 이를 빌미로 더 큰 판을 짜는 이들도 있었다. 이 모든 소식을 혜경궁과 영빈은 이미 알고 있었고, 세자 역시 듣고 싶지 않아도 들렸다.

이미 들어선 식구였다. 일단은 예를 갖추는 게 먼저였다.

"저하, 이러실 때가 아닙니다. 새 중전께 문안을 드리셔야 하옵니다."

"나는 내 어머니한테도 문안 안 드리는 불효자식인데 그 여자한테 왜 문안을 가겠는가? 이제 나는 무사치 못할 듯하네."

"흉한 말 마십시오."

"전하께서 세손을 귀하게 대하시지 않나. 세손이 있으니 난 없어도 될 것이야."

"세손은 세자의 아들이니 부자의 화복이 다르지 않습니다⋯⋯ 이제 돌아오소서. 이러시면 세손이 뭘 보고 배우겠습니까?"

"입만 열면 세손이구려. 자네 눈에는 내가 안 보이지?"

영빈이 주저앉을 듯 이선의 손을 잡았다.

"세자⋯⋯"

"불쌍한 내 어머니⋯⋯ 그 늙은이가 새색시 들이더니 조강지처

구박합디까?"

이선은 영빈을 끌어안았다. 혜경궁과 영빈은 문안 인사를 신신 당부한 후에 이선을 데리고 궁으로 돌아왔다.

그러나 창경궁으로 돌아온 이선은 다음 날도 문안을 가지 못했다. 문안을 갈 옷을 입지 못한 탓이었다. 다시 궁궐 생활의 모양새를 갖추며 임금을 만날 생각을 하니 버럭 광증이 도졌다. 옷을 몇 벌씩 갈아입는 새에 날이 훤하게 밝았다. 중전은 세자의 문안을 기다리다 조식을 걸렀다. 이제는 세자가 문안을 빌미로 중전을 능멸하는 지경이었다. 세자를 따르던 신하들은 겁을 먹고 이선을 찾아와 빌었다.

"저하, 부디 주상과 화해하소서."

"갑자기 그게 무슨 말이오? 내 맞는 옷만 찾으면 금방 인사 가리다."

"소인들도 눈이 있고 귀가 있사옵니다. 저하께서 지금 이러시는 것도 주상을 뵙기가 어려워 주저하시는 게 아니옵니까. 이러시면 저하의 신하들은 다 죽사옵니다."

이선이 울컥하여 되물었다.

"나에게 신하가 있었소?"

"자고로 권력은 부자간에도 나눌 수 없다 했사옵니다. 몇 년만 더 견디시면 저 용상에 앉으실 것 아닙니까? 문안드리고 공부하는 척하는 게 뭐 그리 어려운 일입니까?"

"나는 그렇게 살기 싫소, 그렇게 살 수도 없고…… 나는 내 식대로 하겠소."

이선은 들고 있던 옷을 집어던지고 동궁전 안으로 들어갔다.

이선은 결국 문안을 가지 못했다. 궁복을 훨훨 벗어던진 그는 후원으로 가서 활을 잡아 과녁에 쏘았다. 활을 쏘다 이선은 문득 생각난 듯 아들을 불렀다. 오랜만에 보는 아들 얼굴이었다. 이선은 이금의 허락을 받지 못해 아들의 혼례에도 참석하지 못했다. 얼굴을 마주해도 할 이야기는 적었다.

한참을 활만 쏘던 이선이 입을 열었다.

"너 할아버지 따라 숙종대왕릉에 갔다지?"

"예."

"너는 공부가 그렇게 좋으냐?"

"예."

"왜 좋으냐?"

"할바마마께서 기뻐하시니까요."

"그러하냐."

이선은 하늘로 화살을 날렸다.

"허공으로 날아간 저 화살이 얼마나 떳떳하냐."

이선은 활을 놓고 이산을 끌어안았다.

"아가, 부부란 서로의 실수를 덮어주고 사소한 예법에 얽매이지 않으며 사랑하고 사랑하고 끝없이 사랑하는 것이니라."

"……명심하겠사옵니다."

이산이 아비의 훈계를 들은 건 그날이 처음이자 마지막이었다.

칼

세자의 비행이 낱낱이 적히는 날, 이금은 성문을 닫고 군병을 세웠다. 문이 막히자 말도 막혀 궁궐은 제 소리를 잃었다. 중신들을 부르는 파발이 어지럽게 달리고, 친국장에 불이 켜졌다. 바람 한 점 없는 신시_{申時, 오후 3시에서 5시 사이}는 후덥지근해 국문을 주관하는 이가 짜증을 내기 쉬웠다. 사령들은 형구를 챙기며 이런 날에 매를 맞는 놈은 운수가 불길하다고 여겼다.

예순아홉의 이금은 기침이 잦고 간혹 혈변을 보았지만 궁중의 칼은 여전히 임금에게 있었다. 이금은 적게 먹고 깊게 자며 슬프면 울고 노하면 소리 지르며 화를 쌓지 않았다. 이선을 추종하는 자들은 이금의 수명이 세자의 광증보다 길어질 것을 염려했다. 몇몇 이들은 결국 칼을 뽑듯 붓을 들어 문장을 적었다. 문장은 문장을 낳아 문장 안에서 사직은 흔들리고 군왕은 진멸했다.

임금에게 올라간 나경언의 글은 이제까지 없던 세자에 대한 직접적인 비난이자 이런 세자를 방치한 임금을 향한 모욕이었다. 이금은 수염을 떨며 나경언의 고변서를 읽었다. 고변서의 문장은 급박하여 임금을 깊게 찔렀다. 이금은 가쁘게 읽었다.

"변란은 호흡 사이에 있다…… 세자가 비구니와 기생을 궁으로 들여 음란과 패악을 일삼았고, 내관과 내인을 수없이 죽였으며, 동궁 후원에 토굴을 파 무기를 숨겨놓고 임금을 죽이려고 작당하였다……"

나경언은 대신의 종으로 임금을 대면할 수 없는 천한 직분이었다. 단지 모의를 아뢴다는 명분하에 중신을 거쳐 임금 앞에 나올 수 있었다.

"이런 변이 있을 줄 알았다."

이금은 영의정에게 고변서를 주었다. 고변서를 본 영의정은 울며 말했다.

"청컨대 신이 먼저 죽고자 하옵니다."

좌의정도 나섰다.

"신도 보기를 청하옵니다."

"경도 보라."

좌의정이 읽고 나자 이금은 종이를 바닥에 내던졌다.

"오늘날 조정에서 사모를 쓰고 띠를 맨 자는 모두 죄인이다. 천한 종도 글을 올려 세자의 과실을 알게 했는데 중신들 중에는 이런 일을 고한 자가 없다. 이 나라가 어찌 되겠는가…… 치가 떨려 더 이상 볼 수가 없다. 태워라."

영의정이 고변서를 주워 화톳불에 태웠다. 이금이 나경언에게 물었다.

"네가 어찌 구중궁궐에서 벌어진 일을 알고 고변하느냐?"

"세자의 칼에 죽은 동궁 내관 중 하나가 제 동생이옵니다."

판의금부사가 나서 말했다.

"전하, 하찮은 신분으로 감히 세자를 고변한다는 것은 결코 혼자 할 수 있는 일이 아니옵니다. 청컨대 저자의 배후를 캐소서."

"역모는 믿지 않는다."

이금이 명을 내리자 집장사령이 나경언에게 신장 네 대를 내리쳤다. 매를 맞은 나경언은 황급히 말했다.

"전하, 제가 역모라 한 것은 동생의 억울함을 주상께 직접 고하고자 꾸며낸 말이오나, 아뢰온 패악무도한 비행은 모두 사실이옵니다."

이금은 담담히 명했다.

"너의 뜻이 가상하고 사정 또한 딱하다. 네가 고하지 않았다면 내 어찌 세자의 비행을 알았겠느냐. 허나 역모 운운하여 임금을 놀라게 한 죄 작지 않다. 이를 덮으면 이후 좋지 않은 뜻을 품은 무리가 너를 본받으리라."

이금은 나경언의 배후를 캐지 않았다.

자신이 역모로 몰렸다는 소식은 임금을 끝끝내 보지 않으려던 이선을 벌떡 일으켜 세웠다. 모든 죄를 비켜갈 수 있는 세자도 역모의 혐의는 그냥 넘어가기 어려웠다. 역모는 이 나라의 권세와 관련한 가장 무겁고 중한 죄로, 권세에 가까이 있으나 그것을 움켜쥐지 못한 자가 꾀했다면 그 죄는 더 깊을 수밖에 없었다.

이선이 서둘러 이금을 찾아왔을 때, 이미 나경언은 참수장으로 끌려가는 중이었다. 이선은 자리에 엎드려 소리쳤다.

"전하, 어찌 거짓된 말을 믿으십니까? 나경언을 참수하기 전에 배후를 캐주소서! 자식을 역적으로까지 만들어야 속이 시원하겠습니까!"

이금은 이선의 얼굴을 보자마자 역정을 냈다.

"네가 내관을 함부로 죽이고 여승을 궁으로 들이며 관서로 놀러 다녔다는데 이게 세자로서 행할 일이냐! 이러다가 네가 데리고 있는 여승이 웬 사내자식을 데려와 왕손이라며 문안을 하겠구나? 이게 나라가 망할 징조다! 너는 존재 자체가 역모이니라. 내 이제까지는 네가 하는 짓들을 곁가지로 들었으나 고변서를 읽고 확실히 알겠다. 왜 사람을 죽이고 패악을 부리느냐?"

"……모든 것은 저의 울화 때문이옵니다."

"차라리 미쳐서 발광을 해라! 썩 물러가라!"

"어떤 경로로 저자가 고변을 했는지 묻고자 합니다. 나경언과 대질하게 해주소서!"

"세자가 왜 죄인을 면질하는가. 안 될 말이다."

이금은 옷자락을 떨치고 돌아섰다. 이선은 동궁전으로 돌아가지 않고 금천교에서 대죄하며 임금을 뵙기를 청했다. 이금은 귀를 씻을 뿐 이선을 만나주지 않았다.

"웃대궐 경희궁에 사는 어떤 사람을 어찌 하련다."

대죄를 마치고 돌아온 이선은 혜경궁 앞에서 횡설수설했다. 웃대궐 경희궁에 사는 사람이란 이금을 칭하는 말이었다. 이선은 칼을 휘둘러 허공을 베었다. 베고 베어도 베이지 않자 이선은 수하인들을 모았다. 백여 명의 무인들이었다. 이선은 그들에 손에 칼을 들렸다. 날이 저물자 이선은 행색을 갖췄다.

"경희궁으로 가겠다."

혜경궁이 놀라 남편의 바지를 붙잡았다.

"저하가 이 길을 가면 저와 세손은 죽사옵니다."

"주상은 내가 곧 역모라 하나 나는 그 뜻을 모르겠다. 내 홍대로 따라가 내가 역적인지 아닌지 알아보리라."

이선은 혜경궁을 걷어차고 밤길을 나섰다. 비가 쏟아지는 밤이었다. 흙바닥에 나뒹굴던 혜경궁은 영빈에게 달려갔다.

금군을 만나면 금군을, 대신을 만나면 대신을, 임금을 만나면 임금을 베리라…… 이선은 사람의 살을 벨 때 손을 타고 전해지는 살과 쇠의 부딪침을 생각했다. 생은 질겨 보였지만 칼 앞에서는 허무하게 잘렸다. 그토록 허무한 것이 생이었다. 임금의 생을 벤다 한들 허무감이 가실 것 같지 않았다.

영빈은 구중궁궐의 칼이 높이 들렸다고 생각했다. 궁궐은 제 스스로 정한 시간에 맞춰 피를 받았다. 궁궐은 산 사람의 목숨을 받아야 파도를 멈춘다는 어느 서쪽의 바다를 닮았다. 풍랑을 알면서도 모른 척한 이들은 제 목숨으로 바다를 잠재웠다. 영빈은 생을 던져 생을 구하고자 했다. 이선이 빗속에서 길을 헤매다 돌아오던 날, 영빈은 임금을 찾아갔다.

"세자는 아랫사람을 잔학하게 대하며 기생, 비구니와 주야로 음란한 일을 벌이나이다…… 궁궐 후원에 무덤을 파 감히 말할 수 없는 일을 벌였나이다…… 지금 전하가 옥체를 한시도 보존할 수 없는 시기이니 어찌 제가 감히 사사로운 모자의 정에 이끌려 사실을 아뢰지 않겠나이까…… 부디 은혜를 베풀어 처분하소서…… 다만 세손만은 보존하소서……"

영빈의 말을 들은 다음 날, 이금은 경화문을 넘었다.

왕가

王家

뒤주는 본래 곡식을 담을 때 쓴다. 끼니때가 되면 부엌데기가 나와 바가지에 곡식을 퍼 담아 밥을 지었다. 뒤주가 그득하면 부엌은 너그러워졌고 부엌이 편안하면 집안이 단단해졌다. 안살림을 하는 이들은 뒤주 바닥에 바가지 긁히는 소리를 두려워했다. 뒤주는 생을 바라고 만들어졌으나 비어 있는 뒤주는 죽음에 가까웠다. 이선을 가둔 뒤주는 쌀이 일흔 가마는 들어갈 만큼 컸다. 이선이 뒤주에 갇히기 전날, 내인들은 뒤주에 가득 담긴 쌀을 퍼내 궤짝 여러 곳에 나눠 담았다. 이선은 빈 뒤주에 갇혔다. 내인들은 궤짝에 담긴 쌀을 쥐가 파먹을까 걱정했다. 뒤주는 돌아오지 않았다.

이금은 이선을 이제 그만 죽여야겠다고 생각했다. 그러나 죽일 방법이 마땅치 않았다. 감히 세자를 죽일 칼을 들 사람은 적어도 조선 땅 안에는 없었다. 세자를 죽여도 세손은 살아 있다. 세손이 세자를 죽인 이와 그와 관계된 자들을 용서할 리 없었다.

이금은 상자에 사람을 가둬 굶겨 죽이는 형벌을 청나라에서 들여온 책에서 읽었다. 청나라 사람들은 죽을죄를 지었으나 변론의 여지가 있는 자들을 상자에 가두고 혹시 그사이에 혐의가 풀리면 살려주었으나 그렇지 않으면 그대로 죽였다. 이금은 그 처벌을 보자마자 형벌이 만들어진 이유를 알아챘다. 아마도 그 상자에서 살아난 사람은 없었으리라. 가둬진 사람들은 헛된 희망을 붙들고 며칠을 견디다 고통스러운 죽음을 맞았을 것이고, 반면 형벌의 집행자는 손을 더럽히지 않고도 목적을 달성하면서 죄를 변호할 기회를 충분히 주었다는 면피까지 할 수 있다. 누구도 죽일 수 없고 누구나 변호할 수 있는 자에게 내릴 형벌이라면 이보다 적절한 건 없으리라. 그를 죽인 것은 누구도 아니다……

세자가 뒤주에 갇히던 날, 이금은 세자를 폐하는 글을 직접 길게 썼다. 임금의 문장은 막힘이 없었다. 뒤주를 보며 눈물을 흘린 자들은 귀양을 가거나 목숨을 잃었다. 장인 홍봉한이 임금의 눈을 피해 뒤주에 뚫린 구멍으로 부채 하나를 넣어주었다. 부채에는 이선이 이산을 낳던 날 그린 그림이 새겨져 있었다.

이틀을 버틴 이선이 뒤주를 부수고 달아나자 이금은 군사를 풀어 이선을 잡아 뒤주에 다시 넣었다. 이금은 부서진 뒤주에 널판을 덧대고 못을 직접 쳤다. 위에는 떼를 덮어 바람이 통하지 않게 했다. 이선은 빛과 공기가 막힌 뒤주 안에서 쌀 냄새를 맡았다. 있지 않는 쌀의 냄새는 비리고 독했다. 이선은 부채에 오줌을 받아 마시며 버텼다. 사흘과 나흘과 닷새가 지내는 동안 혜경궁과 이산은 물그릇을 들고 와 임금에게 빌었다. 아들이 아비에게 물을 드리러 왔사옵니다…… 이금은 길게 듣지 않고 이산을 내쫓았다. 이금은 뒤주에 사람이 갇히면 언제 죽는지 알지 못했다. 이금은 뒤주 한쪽에 돌을 괴고 뒤주를 흔들어보게 시켰다. 이금은 이선이 죽을 때까지 반나절마다 뒤주를 흔들었다. 혼곤해가는 정신 속에, 이선은 뒤주를 지키는 금군으로부터 뒤주에 들어가던 날 가선이 매 맞지 않고 목이 잘려 죽었다는 이야기를 들었다. 이선을 따라 무덤을 파고 굿을 하던 기생과 시중들도 모두 참수당했다. 그들의 죄는 명백해 자백할 기회도 주어지지 않았다.

이선이 죽기 하루 전, 이금은 뒤주로 나와 이선과 몇 마디 대화를 나눴다. 머뭇거리는 말은 사관의 귀에 잘 들어오지 않았다.

"……나는 하늘이 무너지는 줄 알았다."

"……그래서 나를 허수아비로 만들었소……"

"왕이 되지 못한 왕자의 운명을 아느냐…… 나는 겨우 살았다……"

"공부가 중하오…… 옷차림이 그리 중하오……"

"공부가 국시다…… 예법이 국시다……"

"임금 자리 싫소…… 아비처럼 말 붙여주시오……"

"어찌하여 이제 와서야…… 내가 임금이 아니고 네가 임금의 아들이 아니라면…… 어찌 이런 일이 있겠느냐……"

"나를 살리려오…… 세자를 살리려오……"

"역적이 아니라 광인으로 남아라…… 그래야 네 아들이 산다……"

이선은 여덟 날을 견디다 죽었다. 뒤주를 흔들어도 소식이 없자 이금은 하루를 더 기다렸다. 다음 날 이금은 뒤주를 뜯었다. 뒤주 안에서는 시큼한 냄새가 났다. 이금은 얼굴을 찌푸리지 않고 뒤주로 손을 넣어 끊어진 이선의 맥을 확인했다.

이금은 환궁하며 개선가를 울렸다. 도승지가 말렸으나 듣지 않았다. 뒤주를 부수고 꺼낸 이선의 몸은 오그라들어 있었다. 들어간 것이 없는데도 나온 것은 있어 이선의 하체는 똥오줌에 절어 있었다. 바싹 마른 입술은 쩍쩍 갈라져 너덜너덜했고 풀어헤친 앞섶에 땀이 말라 누리끼리한 소금기를 남겼다. 내관들은 시신을 나를 방도를 찾지 못해 난감해하다가 팔다리를 누르고 당겨 폈는데 관절이 펴질 때 뼈가 으스러지는 소리가 났다. 임오년의 일이었다.

이금은 아들의 죽음을 차근차근 마무리했다. 이선의 장례는 왕세자의 예장에 따라 오월에서 칠월까지 석 달이 걸렸다. 열네 해 동안 대리청정을 한 이선의 죽음은 국장으로 치러야 마땅했다. 그러나 이금은 기간도 격식도 낮추어 진행했다. 이산이 예를 제대로 갖추어 아비의 죽음을 애도하는 것도 허락하지 않았다. 상주인 세손이 발인과 영결하는 것조차 허락하지 않다가 성복成服하는 날 겨우 곡을 허락했다.

이금은 간소하게 이선의 묘를 지었다. 이금은 넉 달에 걸쳐 지은 이선의 묘가 사치스럽다며 부수고 다시 짓게 했다. 공사를 맡았던 호조의 판서와 좌랑은 관직을 잃었다. 다시 지은 묘우廟宇, 신위를 모신 집는 부순 묘우의 목재와 자재를 다시 사용해 한 달 만에 지어졌다. 새 묘우는 작고 좁았다. 좁은 묘우를 지은 자들은 상을 받았다.

이산은 비애로 죽은 아비의 아들이 되지 못했다. 이금은 세손을 오래전에 죽은 첫아들 효장세자의 양자로 입적시켰다. 이선과 이산은 부모와 자식 사이에서 숙부와 조카 사이가 되었다.

임금의 명에도 이산은 상복을 벗으려 하지 않았다. 혜경궁은 이산의 뺨을 모질게 때렸다. 왕이 되셔야지요…… 왕이 되셔야지요…… 서러울수록 천금같이 귀한 몸을 보호하고, 비록 맺힌 한이 무한하나 스스로 착하게 자라 아버님 뜻에 보답해야지요…… 혜경궁은 울면서 이산의 상복을 벗겼다. 아비와 어미는 아들을 잃고 아들은 아비를 잃고 부인은 지아비를 잃고 조모는 손자를 잃었다. 잃어버림 속에 왕가는 재편되고 혈통은 이어졌다. 영빈은 이선의 삼년상이 지나던 해에 죽었는데, 스스로 목숨을 끊은 것이라 말하는 이도 있었다.

이선이 죽은 지 몇 해 후, 민가에는 이선의 넋을 달래는 노래가 돌았다.

금이야 옥이야 태자로 봉한 몸이

뒤주 안에 죽는구나 불쌍한 사도세자

꽃피는 청춘도 영화도 버리시고

흐느끼며 가실 때는 밤새들도 울었소

궁성은 풍악과 가무로 즐거운 밤

뒤주 안이 웬 말이오 불쌍한 사도세자

황금의 왕관도 사랑도 버리시고

억울하게 가실 때엔 가야금도 울었소

새 나라

영의정 김치인의 파직을 명할 때 이금의 마음은 흔들리지 않았다. 이금은 근래의 시속과 유행을 부쩍 비판했다. 정연한 규범이 무너지고 사사로이 행해지는 것들을 이금은 좌시하지 않았다. 이금은 갈라지려는 조짐을 붙들었다. 시세에 영합하여 갈라지는 것들은 시체時體라 불렸고, 대의명분에 따르는 무리를 청류淸流라 이름 붙였다.

이조판서와 참의가 성균관 대사성의 후보 삼인의 이름을 올렸을 때 이금은 대노했다. 후보로 삼인을 올리는 일도 드물었지만 이들은 모두 김치인의 뒤를 따르는 청류였다는 게 문제였다. 이금은 이조판서와 참의가 영의정을 따르는 이들을 후보로 올려주는 선심을 써 아첨했다고 의심했다. 이들에게 주의를 주라는 권고를 따르지 않자 이금은 김치인을 처벌했다.

이금은 신료들로 하여금 김치인의 죄를 청하도록 시켰고, 죄를 청하지 않는 신료들은 처벌했다. 삼사는 임금의 뜻에 호응해 김치인의 죄를 역모로 몰고 천극_{중죄인이 유배된 집 둘레에 가시 울타리를 쳐서 나오지 못하게 하던 형벌}을 가하거나 더 먼 곳으로 유배 보낼 것을 주장했다. 임금은 간언에 못 이겨 마지못해 처벌하는 듯 김치인을 유배 보냈다. 그리고 대소 신료를 모두 모아 김치인의 죄를 성토하는 글을 한 편씩 써서 모아 책으로 펴내도록 했다. 죄가 책으로 묶이던 날, 이조판서, 참의, 그리고 후보에 올랐던 자들은 모두 유배를 떠났다. 임금의 뜻을 조금이라도 따르지 않는 자들은 처벌받았다.

"오늘날 조선에는 나라가 있는가, 임금이 있는가?"

노왕은 물었고, 신료들은 그저 따랐다.

이금의 아버지 숙종은 환국_{換局}으로 나라를 다스렸다. 한쪽이 커지면 다른 한쪽을 치켜세워 누르고, 그 한쪽이 기세등등하면 죽었던 한쪽을 일으켜 쳤다. 관복을 입는 사대부들은 두 파로 갈려 사내들은 저고리를 다르게 매고 아녀자들은 치마를 다르게 접었다. 한쪽은 아녀자들도 제사에서 숟가락을 꽂고 잔을 올리게 했으며, 한쪽은 아녀자가 제사상에 얼씬도 못하게 했다. 그들은 마음과 사물을 바라봄을 두고 반목했다. 마음에서 선함과 악함은 같은 근본에서 나오는지 그렇지 않은지를 두고 엇갈렸다. 껍데기를 그리고 그곳에 생각을 담을 것인지 생각을 그리고 껍데기를 맞출 것인지 부딪쳤다.

이금은 종종 용상을 움켜쥐었다. 이금의 손아귀에 힘이 들어가면 신료들은 침묵했다. 이금이 젊은 군주였을 때 그는 용상을 쥐지 않았다. 말을 내뱉다 말의 기운이 모자라면 손을 휘두르고 손가락질을 하기도 했다. 젊은 왕은 말의 세기가 부족했다. 신료들과 대의명분을 놓고 쟁집하며 밀고 당기기가 한참이었다. 왕실 생활이 길지 않았던 젊은 날의 이금은 말실수를 하여 지적을 받기도 했다. 저잣거리에서 떠돌던 욕설과 조롱이 입에서 나오기도 했다.

노회한 이금은 손을 쓸 필요가 없었다. 몇 차례 사변을 거치며 나이 든 신료들의 대부분은 관직에 남아 있지 않았다. 경연에서 임금의 학식은 누구에게도 밀리지 않았다. 상대가 실리를 내세우면 깊이를 논했고, 명분이 앞서면 고사를 들이댔다. 이금이 읽은 책이 쌓일수록 군주의 위엄은 높아졌고 본심은 현학적인 말로 가려졌다. 이금은 궁리窮理, 거경居敬, 역행力行, 경천敬天, 애민愛民, 예신禮臣 따위로 이어지는 도리로 신하들을 떠보고 누르며 흔들다 내리쳤다.

초기 정국을 이끌던 신료들의 손자뻘이 관료로 등용되는 실정이었다. 젊은 신료들은 국왕의 뜻을 제대로 읽지 못했다. 신료들의 대답이 마음에 차지 않자 이금은 백성들을 직접 만나 민심을 들었다. 이금은 태종 대에 세워진 적이 있는 신문고를 다시 세웠다. 농사는 어떠하냐, 벼에 물은 제대로 들어찼느냐, 어제오늘 밥은 제때 먹었느냐, 송아지 한 마리를 사려면 얼마냐, 가죽신 한 켤레로 짚신 몇 개를 얻을 수 있느냐…… 임금은 궁에 들어앉아 있지 않았다. 지방으로 내려가거나 한양으로 올라오는 지방 관리를 불러 그 지역의 풍토를 물었다. 전국의 방백과 수령을 소환해 민심을 물었는데 대답이 성에 차지 않으면 바로 처벌하였다. 능행과 기우제에 나서 지나치는 고을의 관찰사와 수령, 차원 등을 통해 고을의 형편을 살폈다. 민심을 손에 잡듯 살피는 할아버지뻘의 군주에게 신료들은 말 붙이기가 어려웠다.

왕의 판단에 이의를 제기한 영의정이 한순간에 역모로 몰리는 과정을 지켜보면서 신료들은 이금에게 존호尊號를 바치기로 했다. 존호는 존귀하고 거룩한 임금의 업적을 기리는 말과 말의 이어짐이었다. 종신과 백관이 수차례 임금에게 간청하면 임금은 갖가지 이유를 대며 거절하다 마지못해 받아들이곤 했다. 임금은 존호를 청하는 관료를 파면시키고 존호를 받아 선왕을 누르려 했다고 속죄하며 수문장을 시켜 신료들을 쫓아내는 소동을 벌였다. 그럴 때마다 신료들은 머리를 쥐어짜 더 강경하게 존호를 청했다. 김치인이 유배를 가고 반년의 실랑이 끝에 이금은 존호를 받아들였다.

이금의 권좌는 흔들리지 않았다. 논쟁은 사라지고 추종만이 남았다. 젊은 신료들은 당파의 한 글자만 드러나도 경기를 일으키는 노왕을 이해하지 못했다. 신료들에게 다행히도 이금의 시간은 길게 남아 있지 않았다. 신료들은 새로운 꿈을 꿀 때 왕세손을 보았다. 세손은 총명하고 당당했다. 다만 뒤주에 눌어붙어 죽은 아비의 그림자는 쉬이 가시지 않았다.

아들을 죽이고도 십여 년을 정정하게 왕좌에 뿌리를 박던 이금은 일흔을 넘기고 팔십을 바라보며 목소리가 잦아들고 눈이 어두워졌다. 임금의 곁에는 타구통이 따라다녔다. 이금은 서너 번 숨

쉬고 한 번 가래를 뱉었다. 기침소리는 신음과 구분되지 않았다. 기침은 숨을 따라다녀 숨이 멈춰야 기침도 멈출 것 같았다. 기침과 같이 다니는 이명耳鳴은 이금의 고질병이었다. 이금은 북소리와 같은 이명이 그치면 귀머거리가 되지 않을까 걱정했다. 이명은 난청으로 나아가 이금은 "극고極苦하다"고 외치며 귀를 주물렀다. 이금은 한탄했다.

"아, 나의 병은 첫째도 심기이고 둘째도 심기에서 비롯된다."

아들의 죽음은 자주 떠오르지 않았다. 뒤주에서의 죽음은 자연사처럼 잠잠했다. 이금은 죽은 이선의 얼굴을 바로 보지 않았기에, 아들의 죽음은 뒤주 안을 더듬었을 때 남은 손끝의 감각으로만 있었다. 이선의 죽음은 딱딱하고 서늘했지만 눈에 보일 듯 잡히지 않았다. 십여 년을 반목한 고로, 서로의 삶을 반기고 죽음을 서러워하기에 임금과 세자는 멀리 있었다.

이금은 이산에게 반쯤은 국정을 맡기고 눈을 감은 듯 뜬 듯 좌정하여 귀를 스치는 소리가 들릴 때에만 말했다. 그러나 나이가 들어도 옥좌에 엉겨 붙은 상심은 떠나지 않아 이금은 여전히 두고 온 무언가를 찾듯이 왕상을 더듬었다. 사관인 겸춘추가 실수했을 때 이금은 젊은 시절처럼 진노했다. 겸춘추는 『사기』에 실린

「노중련전鲁仲連傳」을 읽고 있었다. 주나라 현왕이 제나라 위왕을 꾸짖자 위왕은 현왕을 욕하며 말했다. "네 어미는 종이다." 졸고 있던 이금은 번쩍 눈을 뜨고 몸을 일으켰다.

"어찌 감히 그 글자를 읽느냐. 읽은 놈이 누구냐?"

읽기는 멈춰졌고 신하들은 몸을 떨었다. 곁에 있던 이산이 말했다.

"신이 줄곧 곁에 있었사온데 네 글자는 듣지 못했사옵니다. 아직 거기까지 읽지 않았사옵니다."

"내 두 귀로 들었는데 어찌 못 들었다는 말이냐."

신하들이 식은땀을 흘리며 말했다.

"신들은 듣지 못했사옵니다."

이금은 화를 누그러뜨리고 다시 자리에 누웠다.

이산은 살아 있었다. 이산은 자라나며 끝내 자신이 이선의 아들을 벗어날 수 없음을 알았다. 이선의 죽음은 가벼이 정리되지 않았다. 이선의 죽음에는 숱한 이유가 있으나, 돌이켜보면 일국의 세자가 죽을 만한 이유도 없었다. 이선은 명백히 죽었으나 죽임의 이유가 없으니 그의 죽음은 바라보는 자가 말 붙이기 나름이었다.

이선의 죄는 적혀 있지 않아 더 컸다.

이산은 아비의 죽음을 광증으로 몰기를 바랐다. 그러나 국법은 미친 자를 처형하는 것을 금지했다. 만약 이선이 미친 것이라면 임금은 국법을 어기고 이선을 처벌한 셈이 되었다. 이선이 미치지 않았다면 이선은 온전히 스스로의 죄로 죽임을 받은 것으로 남았다.

남은 길은 하나였다. 이야기는 말하고 쓰는 자에 의해 나오고 적힌다. 말하고 쓰는 자는 칼을 잡은 자였다. 이산은 조부의 생이 얼마 남지 않음을 알고 있었다. 조부가 죽어 조부의 이야기가 끊기고 이산의 이야기가 나라의 이야기가 되는 날에 이선의 죽음은 새로이 적힐 수 있을 터였다. 그러기 위해서는 조부가 남긴 죽음의 기록을 지워야 했다. 백지가 남아야 이야기는 시작될 수 있었다.

이산은 마침내 마음을 먹고 아비의 사당을 참배하다가 재실로 신하들을 불렀다.

"아들이 아비를 뵙는 일은 의당 당연한 일이나 새삼스러우니 이 또한 내 울음이오."

이산의 나이는 열다섯이었다. 어려서 겪은 일들은 이산의 가슴에 화석처럼 자리 잡았다. 아비의 죽음은 불처럼 일어나 가슴을 태우지는 않았으나, 더듬으면 그 흉터가 손을 벨 듯 선했다.

"임오년에 아버지가 겪은 일을 내 어찌 감히 말할 수 있으리오. 승정원일기에는 차마 들을 수 없고 차마 볼 수 없는 말이 많은데, 그것이 세상에 퍼져 뭇 사람들의 눈과 귀를 더럽히고 있소. 내가 구차하게 살아서 지금에 이른 것도 사람의 도리로는 견딜 수 있는 일이 아니지만, 완고하게 아무것도 아는 것 없는 체한 것은 위로 임금께서 계시고 또 그때의 처분에 대해 감히 의논할 수 없는 까닭이오."

이산의 목소리는 차분했으나 울음이 담겨 있었다.

"하지만 내 그지없는 아픔이 있으니 어찌 잠시라도 잊었겠소? 지금의 의리로는 아비의 죽음을 아무도 보지 말고 입에 올리지 말아야 할 것이오. 사초야 후대에 길이길이 전하는 것이므로 그 중대함을 생각하면 감히 논할 수 없지만, 승정원일기는 이와 다르니 그것이 있든 없든 관계가 없소. 그것을 그대로 놔두면 내가 장차 무슨 낯으로 신하들을 대하리오. 내 하고 싶은 말이 많으나 차마 다 하지 못하겠소."

이산은 말을 줄여 자신의 뜻을 전했다. 신하들은 줄어든 말 속의 슬픔을 더듬었다. 그것은 왕권에 다가가는 세손의 말이라기보다는, 죽은 아비의 기록이 생생히 남아 만인과 비극을 논박해야 하는 열다섯 젊은이의 말이었다. 신하들은 이산을 따라 울었다. 신하들의 마음을 확인한 이산은 이금을 찾아가 엎드려 자신의 뜻을 말했다. 승정원일기에 남은 아버지의 악행과 관련한 내용을 지워달라는 청이었다.

이금은 길게 듣고 깊이 생각했다. 이산의 말에는 살고자 하는 자의 뿌리가 박혀 있었다. 이금은 이제껏 생을 저버린 자를 무수히 보았다. 피를 토하는 상소문에, 형장을 견디는 대역 죄인의 혀에, 울화를 내뱉는 이선의 말에는 물기가 없었다. 이금은 바싹 말라붙은 죽은 것들을 옭아매 뽑고 거두었다. 그러나 이산은, 살아가고자 했다. 이금은 이산의 말이 뿌리내려 거대한 거목으로 자라 왕국을 이루려는 기운을 느꼈다. 그것은 더하고 뺄 것이 없는, 온전한 이산의 나라였다.

"다 일렀는데 다시 무엇을 이르겠는가? 승정원일기는 뭇 사람들도 다 보며 사람들의 이목을 더럽히는 것이다. 사도思悼가 어두운 가운데에서 알면 반드시 눈물을 머금을 것이니, 이는 내 뜻에 어울리지 않는다. 비사가 이미 있으니 일기가 있고 없는 것이 무슨 관계가 있겠는가? 승지 한 사람이 실록의 예에 따라 이 글을 적은 사람과 함께 창의문 밖 차일암에 가서 물에 적셔 글을 지워라. 다시 그 글을 들추는 자는 엄히 징계할 것이다. 다들 반드시 이 말에 따르고 국법을 범하지 말아야 한다."

다음 날 이선의 기록은 시냇물에 씻겼다. 유가의 자손들은 더럽고 흉한 것을 물에 씻었다. 이선의 기록은 민촌의 백성들과 사관들이 지켜보는 가운데 한 장씩 천천히 사라졌다. 물을 먹은 종이는 한순간에 허물어졌다. 적을 수 없고 헤아릴 수 없어 뒤주에 갇혀 삭히듯 풀어내야 했던 죄는 봄날의 물길이 넉넉히 품어주었다. 글자를 잃은 종이에는 곧 새로운 글자가 들어찰 것이었다. 이선의 글자가 흩어지고 두 달 후, 이금은 죽었다. 기침하지 않는 평안한 밤을 보낸 뒤였다.

추숭

追崇

긴 시간이 흘렀다. 숨 가쁜 군왕의 세월 안에서 이산은 아비의 삶을 서서히 받아들였다. 왕실의 기록은 씻기고 덧입혀지며 뜻이 뭉개지고 바랬다. 왕가 안에서 이선은 이산의 아비이기도 했고 아비가 아니기도 했다. 그러나 이산은 아비가 임금을 부왕이 아닌 아버지로 부르고자 했던 까닭을 알았다. 왕가에 속한다 한들 어찌 핏줄이 뜨겁지 않겠는가…… 이산은 아비가 찾지 못한 길을 닦듯 이선에 얽힌 기록을 차분히 만졌다. 그것은 오랜 시간이 걸리는 일이었다.

유학의 길을 버리고자 했던 이선은 유생들의 입으로 다시 살아났다. 만여 명의 영남 지방의 선비들이 도끼를 들고 와 이산에게 상소를 올렸다. 이선이 죽은 지 삼십 년 후의 일이었다. 구름 같은 유생의 행렬이 궁궐 앞을 가득 메웠다. 먼 길을 지나온 이들은 여로의 땀과 먼지로 얼룩져 있었지만 그 얼굴들은 잔잔히 빛났다.

유생의 우두머리가 나서 큰 소리로 말했다.

"전하, 사도세자의 억울함을 풀고 왕으로 추숭하소서. 아니면 이 도끼로 저희들 모두의 목을 치소서. 어찌하여 성상께서 즉위하여 십칠 년이 넘도록 조정의 신하 중에 세자의 무고함을 알리고자 한 이가 한 사람도 없다는 말씀이옵니까? 목숨 바쳐 사도세자의 무고함을 변명하는 일이 단연코 첫 번째로 해야 할 일이 될 터인데, 신들이 어찌 자신과 집안을 염려하여 몇십 년 동안 맺힌 회포를 전달하지 않겠나이까?"

이산은 뜨겁게 끓어오르는 마음을 숨길 수 없었다. 마침내…… 마침내 다른 사람의 입에서 아비의 이름이 떳떳이 나오는구나. 그것도 한두 사람이 아닌 만 명의 입에서. 만 명의 입에서 퍼진 말은 수십만, 수백만의 말로 번져 아비의 삶을 새로이 채색하리라. 당장 궁궐의 법도를 바꿔 아비를 왕으로 추숭할 수는 없었다. 그러나 이것은 확고한 시작임이 분명했다.

"그대들은 들으라. 내가 슬픔을 참아온 지가 서른 해가 넘었고 왕위에 올라 예를 행한 지도 이십 년이 가깝다. 너희가 고개를 넘고 물 건너 천 리 길을 와서 대궐에 호소했는데, 그 일은 지극히 외경스럽고 중대하며 지엄한 것으로 차마 들을 수도 볼 수도 제기할 수도 없는 일이다. 너희는 지금 당장 너희의 뜻이 받아들여지지 않음을 걱정하지 말고 오직 나의 본뜻이 더욱 어두워지는 것을 두려워하고 염려하라."

"어서 애통한 명을 내리시어 사도세자께서 무고함을 팔도에 반포하시고 역적들에게는 법을 시행하시어 윤리와 기강을 세우시고……"

"그대들의 청은 내가 감히 따를 수 없고 감히 하지 못할 뿐 아니라 차마 하지 못하는 것이다. 내가 결단코 지키려는 본심이 선왕의 뜻을 받들고 아름다움을 드러내는 데서 나오는 것임을 알라. 여봐라! 영남 유생들에게 양식을 주어 내려 보내도록 하고 더 이상은 소를 올리는 일이 없도록 하라."

유생들은 몇 사람만 남겨놓고 모두 고향으로 돌아갔다. 이산은 그들과 함께 대신들을 불러 모아 말했다.

"경들은 생각해보라. 나는 즉위한 뒤로 내 아버지의 일에 대해 한 번도 분명한 말로 이르지 않았고 원수들을 주륙한 것도 다른 일로 인해서였다. 원수를 숨기고 원한을 잊어서가 아니다. 그날 이후 여러 일들은 아버지의 일과 관련해서 이미 시행했다. 나의 방침은 묵묵히 죗값을 치르게 하는 것이다. 위로는 승은을 등지지 않으면서도 결국에는 차례로 설욕하고 말 것이다. 이제 그 설욕을 천명하는 방법을 경들에게 맡기겠다."

신하 중 하나가 이산의 말에 답했다.

"대저 행해져야 하는 일이 행해지지 않은 지 십팔 년이옵니다. 신은 전하의 눈물이 피로 변하는 것을 보았나이다. 사도세자에 대한 무고함이 깨끗이 씻기고 간신들이 처벌받기 전에 신이 다시 관복을 입고 반열에 선다면 이는 의를 저버리고 부귀를 탐하는 것으로 보아도 좋을 것이옵니다."

신하의 말에 힘을 얻은 유생들은 목소리를 높여 상소를 읽었다. 유생들의 상소는 만인의 목소리가 담긴 만인보였다.

"저희 영남 유생들은 낙동강을 건너고 문경새재를 넘어와 피를 토하는 심정으로 감히 부르짖나이다. 신들이 어찌 하찮은 목숨과 가문을 염려하여 이 나라 종묘사직의 피맺힌 한을 외면할 수 있

겠나이까. 과거의 의리에 붙들려 오늘의 더 큰 의리를 세우지 않
는다면 조선의 장래가 어디에 있겠나이까. 사도세자의 억울함을
풀고 왕으로 추숭하는 일이 단연코 첫 번째 의리가 되어야 할 것
이옵니다. 이에 저희 영남 유생 일만 오십칠 인은 이 상소를 올리
나이다. 유학幼學 신臣 이후, 유학 신 이여한, 유학 신 김시찬, 유학
신 김종화, 유학 신 류태조, 유학 신 박한사, 유학 신 김희택, 유학
신 조거신, 진사 신 류회문, 생원 신 김희주, 생원 신 이태순, 생원
신 권취도, 생원 신 권의도, 생원 신 정필규, 유학 신 이경운, 유학
신 성종로, 유학 신 이검행, 유학 신 강세로, 유학 신 이경유, 유학
신 손석, 유학 신 이엄행, 유학 신 김로범, 공릉참봉 신 이인행, 유
학 신 신치곤, 유학 신 이학주, 유학 신 송지헌, 유학 신 전광제, 유
학 신 백두옥……"

　만인의 이름은 혼령처럼 길었다. 이산은 이들의 이름을 빠짐없
이 승정원일기에 적도록 했다.

　아비의 원수를 갚는 일은 짧지 않았다. 이 나라 권력의 절반과
싸우는 일이기도 했다. 이산은 피가 튀고 뼈가 부서지며 숱한 문
서가 쓰이고 스러지는 시간을 견디며 군왕으로 단단히 섰다. 그러

는 동안 혜경궁은 살아남아 정파의 흔들림에 따라 친척들이 득세하거나 진멸하는 것을 지켜보았다. 그 틈바구니에서 혜경궁은 단식을 하거나 연못에 몸을 던지며 죽기 위해 살고 살기 위해 죽으려 들었다.

스스로의 기운이 만방에 차던 때, 이산은 화산에 행궁을 지어 이선의 묘를 왕릉으로 만들었다. 이선의 영구가 떠날 때 경기도 관찰사가 길을 선도하고 취타수 열여덟 명과 붉은 군복을 입은 사백여 명의 군사들이 세 줄로 늘어섰으며, 국왕을 상징하는 황룡기와 동서남북의 사방기를 비롯해 수많은 깃발들이 창공에 휘날렸다. 이산의 좌우에는 신하들이 예법에 따라 늘어섰으며, 이선의 영구 주위에는 군사 이백 명이 호위했고 오십여 개의 만장이 하늘을 수놓았다. 이산은 묘소에 예를 드린 후 산 전체를 둘러보고 나서 말했다.

"산의 이름이 화산이니 꽃나무를 많이 심거라."

가을꽃이 만발하는 가을, 행궁에서 이산은 혜경궁의 환갑잔치를 열었다. 혜경궁과 이선은 동갑이었기에 이날의 자리는 죽은 아버지의 잔치이기도 했다.

이산은 이날 모처럼 취했다. 이산은 혜경궁을 바라보았다. 오랜 시간이 흐르며 어린 시절 상복을 벗지 않으려던 자신의 뺨을 후려치며 눈물을 흘리던 어미의 모습은 찾아보기 어려웠다. 혜경궁의 표정은 드러나지 않았다. 혜경궁은 이선이 죽기 전 마지막으로 열었던 잔치를 떠올렸다. 제 어미인 영빈을 중전으로 대접하겠다며 육 년이나 지난 환갑잔치를 열었던 지아비였다. 영빈은 그날 이선의 다그침에 못 이겨 중전의 대례복을 입었다.

"주상은 기억하시오? 그날의 사배를 말이오."

"할머니께 절을 올린 날을 말씀하시옵니까."

"그날 어찌나 간이 떨리던지…… 사배는 중전께 올리는 것이거늘……"

"그것이 아버지의 마음이었지요. 사람이 있고 예법이 있는 것이지 어떻게 예법이 있고 사람이 있겠사옵니까. 공자께서도 예법의 말단을 보지 말고 그 마음을 보라 했습니다…… 그날 과인은 제 아비의 마음을 보았나이다."

그날, 누구도 챙기지 않던 영빈의 환갑잔치를 마친 이선은 어머니를 모시고 거처로 돌아갔다. 이선은 왕가를 호위하는 병사들을 흉내 낸 옷을 수하에게 입혔다. 영락없이 중전의 행차를 따라 한 모양새였다.

돌아가는 길에 초여름 하루살이가 영빈의 행차를 덮었다. 이선은 하루살이 떼를 칼집으로 휘저었다. 텅 빈 숲 속으로의 행차는 허무했다. 허무의 길에서 이선은 악을 쓰며 길을 열었다. 물렀거라, 중전마마 행차시다…… 물렀거라, 중전마마 행차시다…… 지아비의 절절함과 임금에 대한 두려움이 부딪쳐 혜경궁은 몸을 떨며 행차를 따랐다. 견디고 견뎌온 그 시간들을 짚어볼 때, 혜경궁은 스스로의 삶이 장하면서도 비참했다.

이산이 말했다.

"어머니께 청하옵니다. 소원을 말씀하옵소서."

"우리 집안의 한을…… 모두 풀어주옵소서."

혜경궁은 울지 않았다. 혜경궁은 눈을 치켜뜨고 이산을 쳐다보았다. 죽지 않으려는 자의 눈이었다.

"어머니, 오늘 한 사람을 용서하고 내일 한 사람을 용서하여 사람은 막힌 사람이 없게 하고 집안은 망한 집안을 없게 하여, 태초에 생동하는 기운이 그 가운데 있게 하겠사옵나니…… 이렇듯 하나하나 차례차례 해나가다가 갑자년에 어머니 집안의 모든 한을 다 풀어드리겠사옵니다."

"주상, 왜 하필 갑자년이오."

"갑자년이 되면 제 아들의 나이가 열다섯이니 성인이옵니다. 족히 왕위를 전할 만하니 그 아이에게 왕위를 넘긴 후 저는 어머니를 모시고 화성으로 와 선왕의 하교 때문에 행하지 못했던 아버지의 일을 풀 것이옵니다. 오늘날 나와 신하들은 선대왕과의 의리 때문에 아버지를 추존하지 않는 것이 의리지만, 후일의 신하들은 새 임금이 될 이 아이를 좇아 아버지의 추존을 받들어 행하는 것이 의리일 것이옵니다.

"……주상의 뜻을 알겠소."

"어머니, 이제 슬픈 일은 잊으시옵소서. 우리 모자가 그때까지 살았다가 자손의 효도로 이 영화와 봉양을 받으면 어떻겠사옵니까? 이제 아버지를 갑자년에 임금으로 추숭하는 일만 남았나이다. 이는 다른 날 이 아이가 새 임금이 돼서 하도록 기다릴 것이옵니다. 원자는 그 일을 하도록 발복하여 태어난 아이옵니다."

말을 마친 이산은 고개를 들어 모든 사람에게 말했다.

"내 아버지와 어머니의 회갑을 맞은 기쁨을 그대들과 나누려 하노라. 모두 잔을 들라. 오늘 이 자리에서 취해 쓰러지지 않는 자, 결코 한양으로 돌아가지 못하리라!"

마당을 가득 채운 무리가 목구멍으로 술을 넘기자, 이산은 마당 중앙으로 걸어 나갔다.

"내 어린 시절 참혹한 일이 너무나 많아 어머니 앞에서 차마 재롱 한 번 피우지 못했노라…… 내 오늘 한번 제대로 놀아보겠노라."

이산은 부채를 펴고 춤을 추었다.

이산의 춤은 끊어질 듯 이어져 시작과 끝을 알 수 없이 흘러갔다. 이산은 하늘을 보았다. 가을이었다. 허공으로 날아간 저 화살이 얼마나 떳떳하냐…… 쏟아지는 햇살을 받으며 이산은 유지처럼 남은 아버지의 말을 떠올렸다. 갑자년이 온전히 돌아올 것인지, 허공을 떠도는 아버지의 혼령이 추숭을 반길지, 어머니와 화성에서 아랫목에 몸을 지지며 여생을 보낼 수 있을지, 이산은 짐작하지 못했다. 이 춤을 추듯 살아가리라. 이산은 물과 바람처럼 춤을 추며 말을 삼켰다.

사도세자는 1899년,
사도세자의 서자 은신군의 증손자인 고종에 의해
장조대왕으로 추숭되었다.

영화 〈사도〉 기획 노트

영화 〈사도〉 시나리오 집필진

1. 기획 의도

영화 〈사도〉는 조선왕조 최대의 비극으로 알려진 사도세자의 죽음을 정면으로 다룬 사극입니다. 18세기 영정조 시대를 배경으로 다양한 영화와 TV 드라마가 제작되었지만, 사도세자를 주인공으로 삼아 본격적으로 조명한 작품은 매우 드문 실정입니다.

한국 사람이라면 누구나 사도세자가 아버지 영조에 의해 뒤주에 갇혀 죽은 사실을 알고 있지만, 그가 어떤 인물이었으며 왜 그토록 참혹한 죽음을 당해야 했는지 제대로 아는 사람은 의외로 적습니다. 더구나 할아버지에 대한 의리와 아버지에 대한 애통 사이에서 피고름을 흘릴 정도로 고뇌했던 정조의 딜레마가 만인소와 수원 화성, 오회연교로 이어졌다는 사실을 아는 사람은 극소수입니다.

영화 〈사도〉는 이처럼 '누구나 잘 아는 것 같지만 실은 잘 모르는' 사도세자 이야기를 모티프로 삼고 있습니다.

군주인 아버지가 왕세자인 아들을 좁은 공간에 가둬 죽였다는 것은 그리스 비극이나 셰익스피어 비극을 비롯한 서양의 비극들을 통틀어서도 찾아보기 힘든 설정입니다. 중국이나 일본에도 비슷한 사례가 없는 듯합니다. 자식을 살리겠다는 명분으로 아내가 부추기고 어머니가 고변하여 아버지에 의해 죽임을 당한다는 이야기는 아마도 인류 역사상 전무후무한 이야기일 것입니다. 영화 〈사도〉의 제작진은 이처럼 독특한 비극성을 극한의 드라마로 승화시켜 국내 관객뿐만 아니라 해외 관객의 심금도 울릴 수 있는 영화를 만들고자 했습니다.

또한 영화 〈사도〉는 역사에 대한 허무맹랑한 날조로 오락성을 추구하는 이른바 '팩션 사극'과는 정반대 지점에서 영화의 비극성을 극대화하고자 했습니다. 사도세자의 죽음을 둘러싼 인물들과 역사적 사실 그 자체가 엄청난 비극성을 함축하고 있기 때문에 가능한 일이었습니다.

2. 시나리오의 구성

『한중록』에 따르면, 사도세자는 1762년 윤 5월 13일(양력 7월 4일)에 뒤주에 들어가 같은 달 20일에 죽었습니다. 영화 〈사도〉는 사도세자가 뒤주에 갇혀 있었던 8일간의 이야기와, 영조-사도세자-정조 3대에 걸친 60여 년의 이야기가 동시에 진행되는 복합적인 구성을 취하고 있습니다.

예를 들자면 영조가 사도세자를 뒤주에 가두는 첫째 날 에피소드를 보여준 뒤, 어린 사도세자가 영조의 기대와 사랑을 받는 장면들을 보여줍니다. 더위와 갈증을 견디다 못한 사도세자가 뒤주를 박차고 나오는 셋째 날 에피소드 다음에는 성년이 된 사도세자가 대리청정을 하며 영조와 갈등을 겪는 장면들이 이어집니다. 어느 지점에 이르면 그 순서가 역전되기도 합니다.

기존 사극에서는 볼 수 없었던 참신한 방식으로 두 개의 시간 축을 병치하고 충돌시킴으로써 현재와 과거 사이에 미묘한 극적 긴장을 유발하고자 했습니다. 사도세자가 죽었다는 결과보다는 그 과정에서 어떤 일이 벌어졌는지, 그리고 아버지와 아들은 어쩌다 그 지경에 이르렀는지에 초점을 맞추고자 했습니다.

3. 스토리라인 _이해를 돕기 위해 시간 순으로 재구성했습니다

사도세자의 아버지이자 조선의 제21대 왕인 영조는 천한 무수리 (혹은 각심이) 소생이라는 신분에 대한 콤플렉스, 왕자 시절 역모의 수괴로 몰려 죽을 뻔했던 위기, 그리고 이복형인 경종을 독살했다는 의혹을 극복하고 왕위에 오른 임금입니다. 역경을 뚫고 자수성가한 인물들이 대체로 그러하듯, 영조 또한 자신을 성공으로 이끈 나름의 방식에 대한 강렬한 확신을 가지고 있습니다.

첫째아들 효장세자가 어린 나이에 죽은 지 7년 만에 사도세자가 태어났을 때, 마흔두 살 영조의 기쁨과 기대는 이루 말할 수 없었습니다. 사도가 돌도 되기 전에 세자로 책봉하고, (역사상 가장 빠른 시기인) 두 살 때부터 본격적인 왕세자 수업을 시킬 정도였습니다. 어린 사도는 타고난 기질이 총명하고 온후한 데다 호방한 외모까지 갖춰, 할머니 인원왕후를 비롯한 궁궐의 총아가 되었습니다. 하지만 사도가 성장하면서 학문보다는 무술이나 그림에 심취하는 등 예술가적 기질을 드러내자, 하나뿐인 아들에 대한 영조의 과도한 기대는 급격한 실망으로 바뀌어갑니다. 그럴수록 세자의 교육에 심혈을 쏟는 영조의 안타까운 노력은 집착이라 할 정도로 그 강도가 높아집니다. 어떻게든 종사宗社를 이어야 한다는 막중한 책임감의 발로였습니다.

어느덧 청년이 된 사도에게 영조는 제왕의 경험을 쌓게 하고자 대리청정을 시키지만, 세자의 진취적이고 진솔한 성품은 오랫동안 고심하며 구축해온 영조의 조정을 뒤흔듭니다. 심기가 뒤틀린 영조는 신하들이 보는 앞에서 사도를 면박하고, 이에 순진하게 맞서는 사도는 점차 영조의 눈 밖에 납니다. 한 번 미운털이 박히자 사도에 대한 구박은 멸시의 경지에 이르게 됩니다. 부자가 함께 숙종왕릉으로 참배를 가는데 소나기가 내리자 이 모든 것이 사도 탓이라며 왕릉의 홍살문 앞에서 되돌아가라고 야멸치게 명령합니다. 사도의 마음도 참담하지만, 사도 외에 다른 대안이 없는 영조의 마음도 한없이 답답하기만 합니다.

그 무렵, 궁궐의 최고 어른인 인원왕후가 왕의 씨앗을 회임한 젊은 후궁의 건방진 언행을 징치하자 영조는 임금 자리를 사도에게 넘기겠다며 선위 소동을 벌입니다. 동짓달 눈 내리는 마당에서 이마에 피가 나도록 머리를 조아리며 선위의 하교를 거두어달라고 외치는 사도의 마음에도 깊은 멍이 듭니다. 자기를 살리려고 정치 생명을 내던진 할머니 인원왕후의 죽음 앞에서 사도는 본격적인 일탈을 시작합니다. 도교의 경전인 『옥추경』에 빠져들고, 궁궐 후원에 무덤 같은 지하방을 만들어 은둔하면서 억압적이기만 한 아버지와의 접촉을 끊어버립니다. 어느 날 영조가 부정을 털어버리겠다며 귀 씻은 물을 뒤집어씌우며 모욕을 주자, 사도의 광증이 발발합니다.

그렇게 위태로운 시간이 흐르고, 사도를 둘러싼 환경에 큰 변화가 생깁니다. 무엇보다 사도 말고는 대안이 없던 영조에게 새로운 희망이 생겨났습니다. 60대 노인이 어린 새 중전을 들였을 뿐만 아니라, 사도의 아들 세손(훗날의 정조)이 영조가 갈구하던 완벽한 후계자의 모습으로 등장한 것입니다. 위기가 다가오는 그 순간에도 사도는 절망의 나락에 빠져 허우적대다 의대증(옷을 입지 못하는 병)이 발발하여 시중들던 내관의 목을 베어버리는 참극을 저지릅니다. 영조는 아들을 매몰차게 돌려세웠던 숙종왕릉에서 손자를 앉혀두고 임금의 길을 알려주기까지 합니다. 오래전, 어린 사도를 종묘에 데리고 가서 그 장엄한 월대 위를 거닐며 나누던 대화를 듣는 것 같습니다.

세손의 빼어난 자질을 확인한 영조는 사도를 건너뛰어 세손에게 왕통을 전하고자 합니다. 급기야 사도의 스승이었던 세 정승들에게 폐세자상소를 올리라는 어명을 내리지만, 그들은 연이은 자결로 영조의 뜻을 거스릅니다. 사도는 자신의 죽음을 예감이라도 한 듯, 생모인 영빈 이씨를 위해 뒤늦은 환갑잔치를 열어줍니다. 후궁인 영빈에게 왕비의 예를 갖춰 사배四拜를 올리는가 하면, 왕비의 가마인 대련에 태워 아무도 없는 후원을 행진합니다. 말을 타고 칼을 휘두르며 행차를 선도하는 사도의 쓸쓸한 뒷모습을 바라보는 어린 세손의 눈에서 눈물이 흘러내립니다.

영조의 고민을 간파한 영의정 김상로는 사도의 칼에 죽은 내관의 형인 나경언을 교사하여 사도세자의 역모와 비행을 영조에게 고변하게 합니다. 나경언에 대한 친국이 벌어지고 역모는 억울하다며 호소하는 사도가 대치하는 가운데, 흥분한 나경언이 역모는 조작이라고 실토하면서 각본은 꼬이게 됩니다. 결국 나경언의 배후를 캐라는 채제공 등 젊은 신하들의 압박에 당황한 영조는 나경언을 처형하라는 명을 내립니다. 그리고 항의하는 사도에게 "존재 자체가 역모"라고 질타하며 창덕궁에 가서 대죄하라 지시합니다.

선위 소동 때처럼 여러 날 동안 금천교 위에서 석고대죄하던 사도는 뇌성벽력이 치는 밤 극단적인 선택을 합니다. 자신을 그림자처럼 따르던 별감들을 대동하고 아버지를 죽이러 가는 것입니다. 앞길을 가로막는 혜경궁 홍씨를 밀쳐내고 창경궁 수구를 통해 청계천을 따라 전진하는 사도의 얼굴에는 광기와 살기가 가득합니다. 마침내 경희궁에 있는 영조의 침전 앞에 도착한 사도가 칼을 빼들고 거사를 하려는 순간, 안에서 귀에 익은 목소리가 들려옵니다. 사도의 아들 세손이 영조와 두런두런 이야기를 나눕니다. 영빈의 회갑연에 관한 영조의 날카로운 질문에 사도의 아들은 예상하지 못했던 대답을 하고, 감동과 충격을 받은 사도는 칼을 떨어뜨립니다.

다음 날(1762년 윤 5월 13일) 아침, 영빈을 찾아간 혜경궁은 밤사이 사도가 벌인 일은 조만간 소문이 날 수밖에 없으며, 만약에 정적들이 먼저 영조에게 고변한다면 사도가 죽는 것은 물론이고 세손마저 역적의 자식으로 몰릴지도 모른다며 영빈의 고변을 압박합니다. 망설이던 영빈은 자신이 먼저 고변하며 호소하면 혹시라도 사도의 목숨을 건질지도 모른다는 일말의 희망을 품고 영조 앞에 나아갑니다. 영빈의 고변을 접한 영조는 모종의 결단을 내리고 융복으로 갈아입은 후 창덕궁으로 향합니다.

영조는 사도를 불러 자결을 명합니다. 자신에게 죄가 있다면 국법에 따라 떳떳하게 역적으로 처분하라는 사도의 항변에, 임금으로서 차마 자기 자식이 아비를 죽이려 했다는 말을 입 밖에 낼 수 없는 영조의 입장이 궁색해집니다. 신하들은 물론이고 종묘에 계신 선조들 앞에 얼굴을 들 수 없는 참담한 일이기 때문입니다. 결국 영조가 이것은 국사가 아니라 가정사이며 패륜을 저지른 자식을 가장이 징치하는 것이라는 명분을 내세우자 사도는 자결을 시도합니다. 하지만 자신의 눈앞에서 세자가 죽는 것을 방치했다가 닥칠 후환을 두려워하는 시강원 관원들이 필사적으로 막는 바람에 자결은 성공하지 못합니다. 당혹스러워하던 차에 사도의 무덤방에서 가져온 관이 눈에 들어오자, 마침내 영조는 군영에서 쓰던 대형 뒤주를 가져오게 하여 사도를 그 안에 가둬버립니다.

영조는 사도를 폐세자시킨다는 포고를 내리고 사도와 행동을 같이했던 별감들과 주변 인물들을 처형합니다. 비 한 방울 내리지 않는 염천, 궁궐 마당에 놓인 뒤주 안의 열기 속에서 배고픔과 갈증과 분노와 회한에 사로잡힌 사도는 죽어갑니다. 철통같은 영조의 감시 속에, 찾아오는 이라곤 키우던 애견과 세손 내외뿐입니다. 참혹한 3대를 둘러싼 주변 인물들은 각자의 생존과 이익을 좇아 주판알을 튕깁니다.

드디어 운명의 그날이 오고, 생전에 불화했던 영조와 사도는 마지막 대화를 나눕니다. 그러나 엇갈린 두 사람의 운명을 돌이키기엔 너무나 늦어버린 시점이라 안타까움이 더욱 커집니다. 아비가 임금이 아니고 자식이 세자가 아니었다면, 영조가 자신의 콤플렉스 때문에 자식을 그처럼 억누르지 않았더라면, 사도가 머지않아 다가올 자신의 세상을 위해 조금만 더 참고 견뎠더라면, 두 사람의 기질이 그토록 상극만 아니었더라면…… 그러나 영조는 고작 '사도思悼'라는 시호를 내릴 수 있을 뿐입니다.

아버지가 죽은 뒤 그 자식이 할아버지의 뒤를 이어 임금이 됩니다. 할아버지는 손자에게 임금 노릇 제대로 하려면 아비의 일은 입 밖에도 내지 말라고 대못을 박습니다. 자식이 할 수 있는 일은 아버지의 기록을 역사에서 지워달라고 청하는 것밖에 없습니다. 아버지에 대한 애통과 할아버지와의 의리 사이에서 젊은 임금의 속도 멍이 듭니다. 그렇게 여러 해가 흐르고, 오랫동안 정권에서 배제되었던 영남 유생 1만여 명이 사도세자를 신원하고 왕으로 추숭하라는 상소를 올립니다. 조선 역사상 최초의 만인소입니다. 정조는 할아버지가 죽였던 아버지를 되살려내는 절차를 차근차근 밟습니다. 하지만 영조와의 마지막 약속, 즉 사도를 왕으로 추숭하지 말라는 유언만은 어기지 않습니다. 할아버지와의 의리로부터 자유로워질 때, 즉 자신의 아들(훗날의 순조)이 15세가 되는 해에 아버지를 추숭하기로 기약하며 그때를 위한 준비를 합니다.

마침내 정조는 아버지 사도세자와 동갑인 어머니 혜경궁의 환갑잔치를 수원 화성에서 엽니다. 옥좌에서 내려온 뒤 아버지 묘소인 현륭원 근처에 살겠노라 작정하고 그 무덤 근처에 지은 행궁입니다. 어린 시절 참혹한 일이 너무 많아 차마 피우지 못한 재롱을, 환갑을 맞은 아버지와 어머니 앞에서 피워보겠노라며 춤을 추는 임금의 환한 얼굴에 피눈물 한 줄기가 흘러내립니다.

2015년 9월

영화 〈사도〉 시나리오 집필진 일동

아버지와 아들

곽금주 (서울대 심리학과 교수)

우리의 삶에 중요한 관계 중 1차적인 것이 가족 관계이다. 가족은 삶의 에너지원이고, 또 지치고 힘들 때 의존하고 지지받는 버팀이 되는 가장 중요한 삶의 둥지이다. 그런데 이런 가족이 늘 행복감만을 주는 것은 아니다. 치열하게 갈등을 일으키기도 하고 또 평생 가져갈 심리적 상처를 만들기도 한다. 가족은 서로 너무나 가깝기 때문에 함부로 하게 되는 경향이 있다. 다른 지인들에게 하지 못할 행동을 가족 간에는 서슴지 않고 하게 된다. 폭력이나 폭언도 죄책감 없이 저지르기도 한다. 그만큼 가족은 가깝다고 느껴지기 때문이다. 내가 어떤 사람인지 잘 보일 필요도 없고, 혹여 나를 나쁘게 생각한다 하더라도 다시 안 볼 관계도 아니기 때문이라는 생각에서다. 그래서 가족은 때로는 미워하고 또 심각하게 갈등하기도 한다.

특히 아버지와 아들의 관계에는 보이지 않는 파워게임이 존재한다. 그 기본 감정은 질투에서 비롯된다. 질투는 대부분 가장 가까운 사람들 사이에서 일어난다. 사람은 물론 동물도 자신과 비슷하거나 똑같은 상대에게 질투를 느낀다고 한다. 고대 그리스의 유명한 시인 헤시오도스는 "도예가는 도예가에게 질투를 느끼고, 공예가는 공예가에게, 그리고 거지는 거지에게 질투를 느낀다"라고 했다. 또한 아리스토텔레스도 시간, 장소 등 여러 면에서 우리와 비슷한 사람에게 질투를 느낀다고 말했다. 마찬가지로 아버지와 아들은 똑같은 남자이고 똑같은 범주에 속해 있기 때문에 아버지는 아들에 대해 질투를 느낀다. 아버지와 아들은 같은 범주에 속해 있지만 아버지는 그 범주에서도 높은 계급에 있기에 아들이 자신을 치고 들어올 수도 있다는 위협을 한편으로 늘 가지고 있다. 특히 남자들은 자아상에서 자신의 지위와 계급, 그리고 성공을 중요시하기에 아들이 자신의 위치나 계급에 올라와 자아상에 위협이 되는 순간 질투심을 느낀다. 물론 이것은 의식할 때도 있고 때론 의식하지 못한 채 생존 본능적일 수도 있다.

진화론적으로도 아버지는 자신과 다른 성性의 자녀를 더 선호한다. 이유는 동성 자녀가 나중에 커서 자신의 라이벌이 될 수도 있다는 생각 때문이다. 장성한 아들이 자신보다 더 적합하고 매력 있는 사람이 될 것임을 이미 알고 있는 아버지는 아들이 컸을 때 자신의 경쟁자가 될 수도 있다는 생각에 질투를 느낀다. 원시사회에서는 번식을 위해서 자기의 씨를 많이 퍼뜨려야 하는데, 언젠가 아들과도 경쟁을 해야 할 것이라는 생각에 벌써부터 경계하기 시작한다는 것이다. 이러한 본능이 인간 사회에도 진화론적으로 남아 있다. 따라서 아버지는 아들이 태어나기 전부터 압박감을 갖게 되고 아들이 태어나서도 질투를 하게 된다. 내 2세가 태어난다는 벅찬 감정과 함께 한편으로 견제하려는 갈등이 자리 잡는 것이다. 캐나다 맥마스터 대학교의 마틴 달리 교수에 의하면, 아버지가 아들에 대한 질투는 일부다처제인 포유류 동물에게서 특히 두드러지게 보이는 현상이다.

스물여덟이라는 나이에 뒤주에 갇혀 죽게 된 사도의 경우도 영조가 아들에게 품은 질투 때문이 아닐까 싶다. 영조는 아들에 대한 기대가 컸으나 아들을 계속 괴롭히게 되고 결국 그 아들을 죽이기까지 한다.

사도세자는 영조 11년이었던 1735년 1월 21일, 영조와 후궁 영빈 이씨 사이에서 태어났다. 사도세자는 영조의 뒤를 이을 유일한 아들이었기 때문에 세자로 책봉되었고, 국본의 태생에 어울리도록 하기 위해 중전이었던 정성왕후의 양자로 입적되었다. 영조는 유달리 영특했던 세자를 자랑스러워했다. 『영조실록』에 세자의 행동들을 써놓을 만큼 세자를 사랑하고 칭찬하는 모습을 보였다. 그러다 세자가 5세가 되었을 때, 영조는 세자에게 왕위를 양위하겠다는 뜻을 내보인다. 이것을 '양위 소동'이라고 하는데, 왕이 왕위를 양위한다고 해서 세자가 그 뜻을 받아들이는 것은 불충이자 불효가 된다. 그래서 세자는 왕이 그런 말을 하게 한 자신이 죄인이라며 석고대죄를 해야 했다. 다섯 살 어린 나이의 세자가 땅바닥에 거적을 깔고 엎드려 빌었던 것이다.

어렵게 임금의 자리에 오른 자신과 달리, 모든 것이 탄탄한 사도에게 아버지 영조는 부러움과 함께 질투를 느꼈는지도 모른다. 저렇게 쉽게 왕위에 오를 수 있을까 하는 생각에서 처음에는 어릴 때부터 엄하게 교육을 시켜야겠다고 마음먹었을 수도 있다. 영조는 양위의 뜻을 거두었지만, 양위 소동은 이후에도 계속 일어났다. 세자의 나이 6세, 10세, 15세에도 계속되었는데, 이러한 양위 소동은 어린 세자에게 상처가 되었다. 아들을 괴롭히는 영조의 그 심리적 내부에는 질투가 도사리고 있었을 것이다.

이렇게 힘들게 성장하면서 세자는 점점 자신의 진짜 생각보다는 아버지 영조가 원하는 것이 무엇인지 살피거나 신하들의 말을 따르는 행동을 보이게 된다. 또한 18세가 되자 자신과 가장 가까웠던 친누이인 화평옹주와 화협옹주가 사망하면서 많은 상처를 입게 된다. 그 이후 공포가 늘고 공황 증상과 같은 정신적 고통도 드러내 보인다. 또한 영조와 사도세자와의 갈등을 정치적으로 보는 사람들은 갈등의 원인을 서로 다른 당을 지지했기 때문이라고도 한다. 영조 31년(1755년) '나주 벽서 사건'이 일어났는데, '조정을 간신배들이 차지하고 있으며 반드시 군사를 일으켜 나라를 바로잡겠다'는 내용의 글이 나주 객사에 붙어 있었던 것이다. 이 벽서를 붙인 범인은 제거된 소론 중심 인물의 아들이었다. 세자는 이 사건에서 소론을 두둔하고 노론을 비판하는데, 이 사건으로 인해 영조와 사도세자가 서로 적이 되었다고 한다. 그즈음 영조가 세자에 대해 남은 기대가 전혀 없었다는 내용도 있다. 이후 영조는 세자를 불러 자결을 명하다가 뒤주에 가둬버린다. 사도세자는 간힌 지 8일 만에 뒤주 안에서 사망한다.

양육 관련 전문가인 심리학 박사 칼 피카드트는 아버지가 아들에게 질투심을 느끼는 이유는 다음의 세 가지라고 했다. 아들에게 주어진 자유에 대한 질투, 아들에게 주어진 것과 기회에 대한 질투, 아들에게 주어진 힘에 대한 질투이다. 먼저 아버지는 아들에게 주어진 자유나 책임감의 자유, 그리고 헌신에 대한 자유를 부러워한다. 또한 깊게 생각을 하지 않으며 살 수 있는 아들의 삶을 부러워하며 자신의 부모에게 마음껏 지지할 수 있는 자유를 부러워할 수 있다. 또한 아버지는 아들에게 주어진 것에 대해 질투를 하는데 재정적으로 제한적인 상황에서 어렵게 살아오고 풍요롭게 살기 위해 몸부림치던 아버지들은 자신과 달리 자식들이 그런 어려움을 겪지 않고 자란 것에 대해 질투한다. 자식들은 많은 것을 가지고 태어나고 자신들이 어렸을 적 부모에게 받았던 것보다 많이 받는다는 점에서 질투를 느낄 수 있다. 또한 아버지들은 자식들이 자신에게 주어진 것에 감사하지 못하는 것에 대해서 질투를 넘어 분노까지 느끼게 된다. 아버지는 자식의 힘에 질투심을 느끼게 될 수도 있다. 자신들은 점차 늙어가고 있는데 자식들은 꽃이 피고 능력을 갖추는 것을 보며 아버지들은 부러움과 동시에 질투를 느낄 수 있다. 따라서 아버지는 아들의 운동 실력이나 아들이 가진 능력을 비판할 수도 있다.

어렵게 왕위에 오른 아버지가 쉽게 왕위를 손에 쥘 수 있는 사도에게 은근히 질투를 품게 된 것은 어쩌면 당연한 일인지도 모른다. 그런 사도를 더욱 자기가 원하는 대로 만들고 싶고 또 자신을 두려워하게끔 만들고 싶은 심리가 분명히 작용했을 것이다.

역사 속의 여러 사건을 살펴보면 영조가 사도세자를 엄하게 교육했음을 알 수 있다. 어려서부터 대리청정을 시킨 것은 사도세자에게 큰 부담이 되었을 것이다. 또한 영조는 사도세자가 무술보다 학문을 하길 원했지만 어릴 때부터 세자는 무술을 좋아했다. 이렇게 하고 싶은 것을 제대로 하지 못하면서 아버지의 억압에 갇힌 그 인생은 결국 뒤주에 갇힌 죽음보다 더 가혹했을 것이다.

영조가 한 것과 같이 엄한 양육법을 심리학적으로 '독재적인 양육법authoritarian parenting'이라고 한다. 현 사회의 많은 부모들은 성과에 극도로 민감해서 자녀를 압박한다. 그런데 부모의 압박은 좀 더 지속 가능한 자녀들 자신의 동기를 발전하지 못하게 한다. 독재적인 양육법을 쓰는 부모는 자녀에게 많은 것을 요구하고 규칙을 엄격히 따를 것을 기대하지만, 자녀의 요구에 대해서는 그다지 민감하지 않을 수 있다. 자녀가 무얼 원하는지 무얼 하고 싶은지는 그리 중요하게 여기지 않는 것이다. 부모는 자녀가 자신에게 복종하고 자신의 지시를 따르기만을 바란다. 또한 자녀에게 규칙을 명확하게 제시하고 자녀의 모든 활동에 관여하며 행동을 늘 감시하기도 한다. 그런데 부모 스스로는 그러는지도 모른다는 게 문제이다. 이게 옳기 때문이라고 생각하지만 결국 자기중심적인 육아 방법이 되는 것이다.

이러한 독재적인 양육법은 장단점이 있다. 장점으로는 자녀가 올바르게 행동하도록 할 수 있고, 또 아이를 성취 지향적으로 키워 실제로 자녀들이 성공을 거두게도 한다. 물론 그런 성취로 인해 자녀가 얼마나 행복할는지는 미지수이지만 말이다. 하지만 다른 사람과의 관계에서 사회적 기술을 가지지 못하고 자존감이 낮아질 수 있다. 심지어 불안이나 우울을 느끼게 되고 적응에도 문제가 생길 수 있다. 또한 심한 압박감으로 자신이 가진 능력 이하의 수행을 하기도 한다. 부모 중 특히 아버지가 아들에 대해서 이런 독재적인 양육법을 적용하는 경우들이 있다. 아들에 대해 큰 기대를 품기 때문일 텐데, 하지만 그 기대가 지나쳐 아들에게 상처를 입히게 되고 결국 좌절과 실패를 맛보게 할 수도 있다.

영조는 자신의 아들에게 어떤 마음이었을까. 어린 시절에는 기대가 컸던 만큼 자신이 바라는 아들로 키우기 위해 아들을 길들이기 시작했다. 그러나 그 기대에 미치지 못하는 아들에 대한 실망은 끝내 아들을 죽음으로 내몰기까지 한다. 그 어느 아비가 자식이 잘못되길 원하겠는가, 특히 죽이기까지 하겠는가. 아들이 자신의 분신分身이라는 생각, 그리고 자신이 원하는 대로 성장해야 한다는 지나친 기대는 결국 아들을 미워하고 원망하는 지경에까지 이르게 할 수 있다.

이렇게 아버지와 아들 두 남자 간의 관계는 같은 남성으로서 세상에서 가장 가까운 관계가 될 수 있으나, 이 두 남자가 때로는 서로를 힘들어하고 그래서 대화조차 어려운 경우가 많다. 하지만 아버지의 역할은 자녀들에게 매우 중요하고, 아버지와 자녀들의 건강한 관계를 위해서는 무엇보다 소통이 중요하다. 부모의 영향

에 대한 많은 심리학 연구에 의하면, 아버지와 자녀 사이의 친밀
감은 자녀의 발달과 적응에 영향을 미치는 중요한 결정 요인이다.
자녀가 청소년이 되면 아버지의 개입은 자녀의 성별에 따라 달라
진다. 청소년기에는 아버지가 딸보다 아들에게 더 관여하는 경향
이 있다. 이는 아버지와 아들이 공통적인 관심사를 갖고 공통된
활동을 하기 때문이다. 청소년기에는 아버지와 아들 모두 피할 수
없는 변화를 겪게 된다. 청소년기가 되기 전까지의 아버지는 여유
로운 사람이었고, 아버지와 아들은 마음이 통하는 꾸준한 관계를
이어왔을 것이다. 하지만 청소년기에는 아들이 아버지를 보는 감
정이 더 불안해지고 예상치 못한 방향으로 나아가게 된다. 청소년
기 초기에는 아버지를 우러러보고 때로는 이상화하기도 하지만,
중기가 되면서 아들은 아버지를 비판하기 시작한다. 결국 아버지
와 거리를 둘 뿐 아니라 부모의 권위를 평가 절하하게 된다. 그런
데 아버지 또한 그 시기에 중년 남성들에게서 공통적으로 나타나
는 불만, 걱정, 우울함 등을 느끼게 된다. 물론 개인차가 있긴 하지
만, 아버지 또한 그 이전 시기에 비해 심리적 갈등을 겪는 중년기
위기감을 느끼게 되는 것이다. 중년기 아버지와 청소년기 아들 모
두 자아정체감의 혼란을 겪는다. 내가 누구인가, 무엇을 해야 하

는가 등 정체성 문제에 부딪치고 혼란을 겪으며, 변화와 불확실성 등에 고민하고 방황한다. 청소년기의 아들과 중년의 아버지가 같은 시기에 각각 이런 심리적 변화를 겪기 때문에 서로 간의 이해가 어렵고 갈등 또한 극대화된다.

청소년기를 지나 아들이 성인기로 접어들면서 아버지와의 경쟁은 사실 더 심해질 수 있다. 가족 심리 치료사인 윌리엄스 박사는 성인 초기의 아들과 아버지의 관계를 '발전evolving' 단계로 보았다. 이 시기의 자녀는 청소년기처럼 아버지를 거부하기보다는 아버지와 '경쟁'한다. 또한 아버지와 정서적으로 거리를 유지하며, 아버지와는 다른 사람이 되고자 노력하기도 한다. 이것은 성인기가 되면서 스스로 독립하고자 하는 마음이 커지기 때문이다. 이 과정에서 아들은 아버지에게 불만과 공격성을 내보일 수도 있고 아버지를 평가 절하하면서 더 쉽게 부모로부터 독립하고자 시도한다. 부모 입장에서 보면, 자녀와 부모 관계에서 부모가 자녀에게 더 많은 투자를 했기 때문에 부모는 더 많은 것을 자녀에게 기대하게 된다. 그래서 성인 초기의 자녀가 기대한 만큼 성공하지 못한다고 느낄 때 부모들은 자녀에게 더 큰 갈등을 느끼고, 심지어 삶의 만족도까지 낮아지는 것이다. 성인기 아들과 아버지는 이 시기 또한 잘 극복해야 한다.

특히나 아버지와 아들이 서로 친밀감을 못 느낄수록 더욱 갈등이 커지고 소통이 어렵다. 또한 아버지가 아들을 간섭하고 자신을 닮기를 원하거나, 아니면 더 나아지기를 원하면서 요구하는 것이 많을 때 관계와 소통은 점점 더 어려워진다.

그래서 아버지와 아들 간 바람직한 관계를 형성하기 위해서 우선 아버지가 알아야 할 것이 있다. 아들이 자신에게 큰 영향을 받는다는 사실을 인식하는 것이 무엇보다 중요하다. 아들은 아버지를 보면서 남자가 되기를 배워나가기 때문이다. 아버지는 아들과 시간을 함께 보내며 개인적인 관계를 형성해야 한다. 둘만의 소통을 만들어가야 한다. 소통은 무턱대고 "오늘부터 대화를 시작하자"고 해서 되는 게 아니다. 이야기하자고 할 때 상대는 도망가고 싶어지는 심리가 있다. 그래서 우선 둘만의 공통 관심사를 찾고 거기에 몰입하는 것이 필요하다. 스포츠나 취미 활동 등을 통해서 아버지와 아들의 공통 관심사를 찾아 발전시키는 것이다. 같이 운동을 하거나, 연주를 하거나, 콘서트장에서 같이 소리 지르며 노래 부르고, 영화를 보고, 여행이나 캠핑 등 여러 가지 활동을 아버지와 아들이 함께해볼 수 있다. 이러한 활동은 아버지와 아들 사이에 소통의 장을 열어준다. 같이 신나게 놀고 나면 감정이 통하게 되고 즐거운 감정이 오고 갈 때 대화는 저절로 이루어진다. 서로 같은 편이라는 느낌으로 아들은 아버지에게 자신의 속내를 털어놓을 수 있고, 무작정 "대화하자"고 할 때는 결코 이루어지지 않던 진정한 대화가 이루어질 수 있다. 어릴 때부터 아버지와 아들이 함께하는 이러한 활동이 아들의 청소년 시기에 일어날 수 있는 갈등을 막아주는 완충 작용을 할 수도 있다. 또 이후 성인이 되어서도 서로를 이해할 수 있는 좋은 기회로 작용하게 된다. 즉 두 남자가 서로의 세계를 이해하기 위한 소통의 장은 같은 바로 공통의 놀이 활동이나 취미 활동을 가지는 것이다.

아이는 부모 소유가 아니다. 서로의 인생에서 가장 끈끈한 관계를 맺었을 뿐 각자의 인생을 살아가야 한다. 아버지라고 아들을 내 마음대로 할 수 없다. 잘 양육해주고 잘 지도해주고 나면, 성장한 아들은 혼자의 삶을 살아간다. 아버지는 그런 아들을 뒤에서 지켜봐주어야 한다. 아버지와 아들이 각자 살아가면서 힘들고 지칠 때 서로 힘이 돼주는 든든한 버팀목이 되는 관계가 가장 이상적인 아버지와 아들의 모습이다. 영조는 왜 사도와 뭔가 즐거운 일을 함께하지 않았을까? 활쏘기든 책 읽기든 연주든, 활동을 같이하며 서로 즐거워했다면 소통이 잘 이루어졌을 텐데. 그래서 아들을 미워하고 질투하는 아버지 영조와 공포에 떨었던 아들 사도가 아니라 멋진 부자관계를 만들 수 있었을 텐데. 그랬다면 사도가 영조의 뒤를 이어 나라를 잘 통치하는 왕이 될 수 있었을 텐데.

아버지, 진정한 권위의 이름

김현철(정신과 전문의)

●

한낱 스핑크스였을까.

유달리 장남을 싫어하는 아버지가 있었다. 가족들은 강제 입원을
시키길 원했으나 누구 하나 납득이 갈 만한 이유를 대는 이가 없
었다. 주저하며 서로 눈치만 살피다 결국 아내가 입을 열었다.

"남편은 아들과 제가 성관계를 가진다고 믿고 있어요."

비록 그분의 망상이 역겹고 어불성설같이 들릴지 몰라도, 실은
동서고금을 막론하고 꽤나 인류 보편적인 생각이다. 이름하여 라

이오스 콤플렉스. 오이디푸스 아버지의 이름을 따서 지은 이름이다. 사실 라이오스는 동성애자였다. 늙지 않는 목걸이로 영원히 20대 초반의 아름다움을 유지할 수 있었던 이오카스테도 라이오스를 잠자리로 유혹하지 못했다. 그런데 술에 취해 우연히(?) 아내와 관계를 가진 뒤 태어난 자식이 바로 그 유명한 오이디푸스였다. 후에 아폴론의 예언대로 오이디푸스는 스핑크스가 낸 수수께끼를 맞혀 테베의 왕이 되었고, 라이오스는 그보다 훨씬 전 어두운 밤길에서 오이디푸스와 사사로운 실랑이를 벌이다 아들에게 죽음을 당하고 만다. 물론 그 당시에 라이오스와 오이디푸스는 서로를 알아보지 못했다. 오이디푸스는 이 모든 사실을 알게 된 후 스스로 눈을 찌른다.

모든 가족은 적절한 거리가 필요하다. 아들과 아버지의 경우도 예외가 아니다. 적절한 거리감은 시기심으로 인해 각자의 경계가 침범당하지 않게 해준다. 안전거리를 제공하는 것이다. 과거의 가족 분위기가 한마디로 엄부자모嚴父慈母였다면, 요즘은 엄부엄모嚴父嚴母의 핵가족에서 큰 외동이 많다. 반항적인 청소년 중 상당수는 아버지로부터 자신의 자율적 행동에 대해 칭찬과 지지를 받기를 원한다. 오이디푸스 삼각형 특유의 경쟁과 피해의식은 관심을 간

섭으로 여기기 때문에, 그저 허당처럼 아들의 심리보다 앞서지 말고 뒤따라가는 것이 좋다. 이런 태도는 청소년의 자아존중감을 높일 수 있다. 물론 아버지의 역할 또한 애착의 베이스캠프인 엄마만큼 중요하지만, 아버지가 지나치게 아들을 간섭하거나 과잉보호하는 것은 바람직하지 않다. 오이디푸스의 아버지인 라이오스가 전적인 복종을 원했던 것이 결국 오이디푸스가 아버지를 죽이도록 이끌었다는 해석도 있으니 말이다. 아는 사람은 알겠지만, 신화와 꿈은 양심의 그물을 피하면서 소망을 충족시키게끔 프로그램되어 있다. 앞서 언급한 오이디푸스 신화 역시 우리 내면에 도사리고 있는 살부殺父 본능을 영리하게도 '우연'이라는 장치를 끌어와 양심의 가책을 느끼지 않으면서 실현시키는 데 성공한다. 일타이피인 셈이다.

전조증상

멀지 않은 옛날, 한 왕자가 궁에서 정해준 옷을 입지 못하는 노이로제 증상에 빠진다. 베스티포비아vestiphobia, 현대 정신의학에서 말하는 의상 공포증에 걸린 것이다. 만약 정신질환이 발병했다는 기록이 사실이라면, 그가 겪었던 베스티포비아는 현대 정신의학에서도 잘 치료되지 않는 심각한 정신질환의 전조였을 가능성이 크다. 참고로 모든 노이로제는 그 나름의 순기능이 있다. 그 왕자에게 의복이란 한 치의 에누리도 없는 강요된 정체성이다. 자율의 생기를 뺏어 밀랍으로 굳히는 거푸집이다. 정해진 운명이라는 이름의 석고틀이다. 대대로 내려온 불가침의 관습에 처음으로 의구심을 품기 시작했을 뿐 아니라 굴복과 저항 사이에서 수만 번의 갈등이 교차하게 만든 옷고름이 되었다. 심연 속 갈등은 수면으로 올라와 자칫 혼란을 야기할 수 있는 모순적 감정들을 덮어준다. 그러나 아버지를 향한 인정욕의 좌절은 물론, 나를 만들어준 아버지로부터 받은 굴욕과 모멸감은 인간의 원초적인 분노, 차마 상상조차 하기 힘든 자기애성 격노를 수반한다. 잊을 만하면 우리나라를 떠들썩하게 만드는 존속살인범죄는 부모와 자식의 혐오와 격노가 서로 만나 생긴 비극이다. 아버지 영조와 아들 사도세자는, 불행하게도, 이런 전철을 밟아버렸다.

사도는 아버지 영조와 자신의 아들 이산이 친밀해지는 것을 보고 극단의 분노와 무력감에 빠진다. 자신은 아버지로부터 무조건

적 애정을 받기는커녕, 아버지가 원하는 모습에 들지 않을 때면 만인들 앞에서 가차 없이 수모를 당하는 등 만성적인 정서 폭력의 희생양이 되어가던 차였다. 모멸감과 수치심으로 사람들을 조종하는 게 아버지의 주특기인 건 일찌감치 알고 있었으나, 자신의 아들을 이용하는 아버지 영조의 이간질에 견딜 수 없는 분노는 물론, 부모답지 못한 태도에 이미 오래전부터 실망과 비통함을 감출 수 없었다. 참고로 부모로부터 받은 실망에서 비롯된 독소毒素는 좀처럼 사라지지 않는다. 살기殺氣 어린 강렬한 격노가 이때부터 생기기 시작했을지도 모른다. 의도한 것인지 모르겠지만, 영조는 이산을 완벽한 후계자의 모습으로 인정하는 모습을 궁궐 내에서 가감 없이 드러냈다. 이런 모습을 본 사도의 심정은 어땠을까. 결국 사도는 이 시점을 지나 점차 정서적 건강을 잃기 시작한다. 정신의학적 용어로 풀자면 자아의 붕괴를 암시하는 전조를 보이기 시작한 것이다. 옷을 입지 못하는 병이 바로 그것이다. 그뿐 아니라 자신의 심기를 건드린 내관의 목을 베어버렸다. 꿈이나 무의식 속 환상에서나 벌어질 일이 약해진 자아의 경계를 뚫고 현실로 행동화한 것이다. 당시 왕족이 가졌던 무소불위의 권력을 고려하더라도 이해할 수 없는 무분별한 행위의 연속은 이미 현실 검증력이 떨어진 정신과적 응급으로 사료된다.

"감히 나의 이름에 먹칠을 하다니. 나를 무시하는 게 틀림없는 게야." 시간이 지남에 따라 영조의 내면에서 라이오스라는 시기심이 더욱 타올랐다. 그는 광폭해진 사도가 두려웠다. 공포나 피해의식은 시기심과 직접적으로 연결되어 있다. 공포증의 본질은 외부 대상이 아니라 마음속에서 올라오는 복잡 미묘한 감정이다. 그러고 보면 영조는 이때부터 본능적으로 뭔가를 준비했던 것인지도 모른다.

장유유서의 허상

서양에서는 나이가 많다고 해서 맹목적인 존경을 표하지 않는다. 하지만 우리나라의 경우 차마 존경할 수 없는 인물도 단지 나이가 많다는 이유로 대접해야 한다. 10, 20년 전에 비해 많이 나아졌지만, 그래도 일부 장년층은 무단횡단, 막무가내 새치기 등 경범죄는 물론, 제임스 완의 호러 영화 〈쏘우〉 시리즈 저리 가라 할 정도의 살인을 비롯한 끔찍한 범행을 스스럼없이 저지르곤 했다.

진료실에서 느끼는 바도 마찬가지다. 생물학적 나이는 인격의 성숙과 결코 비례하지 않는다. 그럼에도 불구하고 우리나라 사람들은 생물학적 나이에 민감하다. 전혀 안면이 없는 사람이라도 거리에서 부딪쳤을 때 일단 나보다 생물학적 나이가 많다 싶으면 존댓말을 써야 한다. 그런데 이 불문율도 점차 깨지고 있다. 나이뿐 아니라 존댓말을 써야 하는 기준이 뒤죽박죽이다. 비인간적 서열문화의 춘추전국시대다. 대학에서는 나이보다 학번, 군대에서는 군번, 직장에서는 직급에 따라 존댓말을 써야 한다. 우리 모두의 내면에 깔려 있는 유교적 상념에 완전히 배치되는 셈이다. 나보다 어린 사람에게 존댓말을 쓰고 그로부터 반말을 들을 때 느낄 모멸감을 감수하며 출근 준비를 해야 한다. 전혀 존경하고 싶지 않아도 사용해야 하며 그나마 이조차도 일관적이지 못한 존댓말의 사회적 합의는 내면의 저항의식과 분노를 부채질한다.

이런 불같은 감정의 응어리들을 소화시켜가면서 사회생활을 해야 하니, 착하고 성실한 사원이 집에 가면 사이코패스 아빠 혹은 남편으로 변신한다. 아들은 영문도 모른 채 과거 아버지보다 엄마에게 더 사랑받고 있다는 죄로 아버지의 시기 어린 눈총과 부적절한 분노의 쓰레기통으로 전락한다. 영화 〈사도〉에서 나온 뒤주가 다름 아닌 그 쓰레기통의 상징이다. 사도를 죽음에 이르게 만든 뒤주는 역시 구속을 상징한다. 독성 시기심은 단순히 상대의 물리적 구속에서 그치지 않는다. 오스카 와일드의 소설 『도리언 그레이의 초상』에서 악마는 영원한 젊음을 누리는 도리언을 보는 것만으로 흡족해하지 않는다. 악마가 시기했던 건 인간의 영혼, 다시 말해 생명이었다. 악마는 모노톤의 영원한 젊음보다 변화무쌍한 생명을 더욱 시기한 것이다. 내가 시기하는 대상의 생명까지 내 손아귀에 있어야 비로소 독성 시기심은 불같은 노여움을 그친다. 내 맘대로 조종할 수 있는 것만큼 쾌감을 안겨주는 것도 없다.

아버지 없는 가족, 어른 없는 사회

사회학자 호르카이머 Max Horkeimer 는 현대 산업사회에서의 아버지의 위축된 모습을 지적한다. 현대사회에서 아버지는 그저 누구 말마따나 돈 벌어주는 기계에 불과하다. 아이들은 아버지를 통해 도덕과 규율을 내면화할 뿐 아니라 각자의 아버지를 발판 삼아 보다 더 멋지고 건강한 야망을 가지며 자라는 법이다. 불행히도 산업사회에서 아버지의 존재감은 그리 크지 않다. 나름의 가치 기준을 형성시킬 대상이 시원찮아졌다. 건강하게 사회를 비판하며 자신의 목소리를 당당하게 내기보다 각자 뿔뿔이 흩어져 살아남는 것에 집착하는 요즘 젊은 세대의 현주소다. 적절한 범위 안이라면, 강인하고 품위 있는 아버지의 모습은 대의를 지향하게 만드는 선한 자아의 형성을 돕는다. "manner maketh man"이라는 말은 그래서 타당하다. 영화 〈킹스맨〉이 우리나라에서 많은 관객 몰이를 한 것은 결코 우연이 아니다. 그만큼 우리는 찌질하지 않고 외부에 영합하지 않으며 나의 성장을 진심으로 고려하는 아버지가 그리운 것이다. 건강한 아버지의 부재는 건강한 야망을 품을 수 있는 강인함의 결핍을 뜻한다. 반복되는 외압은 우리를 충분히 무력감의 노예로 전락시키나, 마음이라는 운영체제는 부정denial 이라는 방어기제로 스스로를 보호한다. 그 결과 산업사회 이후 만연한 심리 중 가장 팽배해진 것이 바로 자기애自己愛 성향이다. 진짜 자신에 대한 감각이 없고 초라하게 느껴질 뿐이니 불필요한 과시와 지독한 위축감이 공존한다. 밤낮없이 악플을 다는 사람들 중 상당수는 지나치게 경직되거나 위축된 채 살고 있다. 스스로에 대한 신뢰가 없으니 자유를 갈망함과 동시에 무소불위의 힘을 가진 단체에 소속되고자 한다. 여기서 단체가 갖는 도덕성은 그리 중요치 않다. 이 모든 것이 적절한 아버지의 권위를 내면화하지 못한 채 성장한 뒤 나타난 개인과 사회의 어두운 뒷모습이다.

아버지, 진정한 권위의 이름

매스미디어의 확산은 그렇지 않아도 빛바랜 아버지를 더욱 희미하게 만들었다. 다소 과장하자면 아이들은 그저 어른들이 정치와 언론이라는 공장에서 생산한 삶의 스테레오타입 중 몇 가지를 선택해야 하는 압박 속에 살게 되었다. 거의 대부분은 보편성과 정형성이라는 이름의 틀 속에서 자신들의 꿈을 추구하는 것을 적절하고 건강하다고 여기는 지경에 도달했다. 나답게 사는 것은 왠지 어색하다. 그 결과 대부분 의구심에 짓눌린 채 좀비처럼 살아가고 있다. 우리나라 사람들은 본인도 모르는 사이에 풍습, 교리, 문명이라는 세 가지 복면을 쓰고 있다. 이들은 진화와 변질을 반복하고 바이러스처럼 확산되어 수천 가지의 가치관으로 퍼진다. 그럼에도 불구하고 사회 구성원 대부분이 동의하는 공통 가치는 좀처럼 윤곽을 드러내지 않는다. 굳이 예를 들자면 장유유서長幼有序를 중요시하는 집단과 관계의 동등함을 중요시하는 집단과의 충돌은 연일 그칠 줄 모른다. 나의 의견이 아무리 옳아도 상대의 생물학적 나이가 많으면 존경할 의사가 전혀 없어도 존댓말을 써야 한다. 그래야 겨우 인간 대접을 받아서 발언권이라도 얻을 수 있다. 직분이 요구하는 희생정신과 신체발부수지부모身體髮膚受之父母 중 어느 명제를 고르는 것이 나을지 고민하는 사람들 또한 부지기수다. 침몰할 것이 뻔한 배에서 가장 먼저 나온 선장은 수백 명의 목숨보다 부모로부터 받은 자신의 몸이 더 소중하다고 여긴다. 어쩌면 그런 사람들은 지금도 건강한 아버지상에 대한 고민은커녕 죄의식조차 느끼지 않고 지내고 있는지도 모른다.

진정한 권위는 풍습, 교리, 문명과 무관하다. 아니, 무관해야 한다. 그렇다고 이상적인 아버지 같은 사람을 찾아 그에게 의존하는 건 더더욱 위험하다. 이단 종교가 판치고 재벌기업에 입사하려 힘쓰는 우리나라 젊은이들의 현실은 자칫 집단을 개인보다 우상화하는 전체주의적 분위기를 형성하기 쉽다. 이미 인터넷 사이트를 중심으로 집단이 갈린 것 같기도 하다. 나는 과거 테슬라가 말했던 설을 믿는다. 우주의 어딘가에 인류의 지혜와 집단 무의식이 담겨 있는 핵이 있고, 인간의 뇌는 그저 우주의 핵에 도달할 수 있는 수신기에 불과하다고. 정신과 의사 카를 융도 언급한 우주 어느 공간에 접속할 수 있는 자들이 점차 많아지려면 끊임없이 타인의 감정과 교감하려는 태도가 필요할 것이다. 그러면 절로 모두가 존중할 수 있는 공통 가치가 형성될 것이다. 나이에 무관하게 동등한 관계를 맺을 수 있는 건강한 태도를 유지하며 내면에 각인된 불필요한 응어리나 변질된 풍습을 지워갈 수 있을 것이다. 인본주의人本主義가 그렇게 새로운 모습의 권위로 다가올 것을 간절히 희망한다.

사도

1판 1쇄 인쇄 2015년 9월 11일
1판 1쇄 발행 2015년 9월 23일

지은이 조은호
펴낸이 황상욱

기획 황상욱 윤해승 **편집** 황상욱 윤해승 **교정** 이수경
디자인 최정윤 **마케팅** 방미연 이지현 함유지
홍보 김희숙 김상만 한수진 이천희
제작 강신은 김동욱 임현식 **제작처** 영신사

펴낸곳 (주)휴먼큐브
출판등록 2015년 7월 24일 제406-2015-000096호
주소 10881 경기도 파주시 회동길 210 1층

문의전화 031-955-1902(편집) 031-955-2655(마케팅) 031-955-8855(팩스)
전자우편 forviya@munhak.com
ISBN 979-11-955931-1-8 03810

이 도서의 국립중앙도서관 출판예정도서목록(CIP)은 서지정보유통지원시스템 홈페이지(http://seoji.nl.go.kr)와
국가자료공동목록시스템(http://www.nl.go.kr/kolisnet)에서 이용하실 수 있습니다.
(CIP제어번호: CIP2015023750)

트위터 @humancube44　　**페이스북** fb.com/humancube44